내가 좋아하는 것들, 커피

내가 좋아하는 것들, 커피

김다영 지음

스토리닷

© 김다영

인생은 단지 커피 한 잔, 또 한 잔이다.

101쪽

잘 볶은 커피란 뭘까. 맛있는 음식이다.

154쪽

내 핸드드립 방식이 막드립이어도

커피를 즐기는 일에는 크게 문제되지 않는다.

161쪽

마음이 더해진 커피는

때론 특별한 기술 없이도 맛을 낸다.

164쪽

커피 한 잔으로 인생이 변하고,

희노애락을 경험하고,

많은 사람을 만나왔다.

178쪽

Menu

베트남에서 커피가 자란다고?

내가 커피에 관심을 갖게 된 것은 2005년 대학 시절 베트남에 갔을 때다. 여행 경험이 적은 20대인 내게 베트남은 황홀 그 자체였다. 구석구석 맛있는 열대 과일이 널려있고 쌀국수, 바게트도 맛있기만 한 그곳에서 베트남 사람 누구나 즐겨 마신다는 베트남식 커피를 처음 만났다.

아침이면 동네 곳곳 식당에서 사람들이 식사로 '반미(Banh Mi)'라는 바게트에 다양한 야채를 곁들인 샌드위치를 먹었다. 여기에 '카페 스어(Caphe Sua)'를 한 잔씩 마시곤 했는데, 베트남 전통 추출기구인 '핀(Phin)'으로 에스프레소처럼 진하게 내린 후에 달고 진한 연유 시럽을 비슷한 양만큼 넣어 만드는 커피였다. 게다가 방문했던 가정집마다 유명한 '쭝웅우엔(Trung Nguen) G7' 믹스커피를 손님들에게 내어놓았다. 마치 우리가 맥심 커피를 마시듯 자연스러웠다. 어떻게 베트남 사람들이 커피를 즐겨 마시게 되었는지 궁금했다. 그때 함께 G7 커피를 마시던 지인이 말했다.

"베트남에서 커피가 자란데요."

'응? 여기 베트남에서?' 내가 아는 커피는 아프리카 에티오피아나 TV에서 보았던 콜롬비아 수프리모 이런 것들뿐인데, 여기 동남아 베트남에서 커피가 자란다니 새롭고도 낯설었다. 이어서 들은 이야기는 더 흥미로웠다. 당시 베트남은 세계 1위인 브라질 다음으로 커피를 많이 생산하는 나라였고, 베트남 커피를 가장 많이 수입하는 나라가 한국이라는 이야기였다. 그런데 왜 나는 베트남 커피를 한 번도 본 적이 없던 걸까.

우리가 마시는 커피는 크게 아라비카(Arabica)와 로부스타(Robusta) 두 품종으로 나뉜다. 아라비카가 품질이 좋고 가격이 비싼 반면 로부스타는 아라비카에 비해 맛과 품질은 떨어지지만 저렴하고 생산성이 높아 보통 믹스커피에 많이 쓰인다. 로부스타를 재배하는 대표적인 나라가 브라질과 베트남이다.

베트남이 커피 강국이 된 것은 프랑스의 식민 지배와 관련이 있다. 서구 열강이 세계 곳곳을 식민지로 삼아 통치하던 제국주의 시대에 프랑스가 인도차이나(Indochina)반도에 진출했는데, 그때 프랑스의 한 신부가 커피나무를 옮겨 심었다. 이때부터 커피는 고무나무 등과 함께 식민지 플랜테이션(Plantation) 작물로 베트남에 정착한다.

더불어 유럽의 식문화도 함께 들어왔는데, 대표적인 것이 커피와 바게트다. 커피는 베트남어로 '카페(Ca Phe)'인데 프랑스어 '카페(Cafe)'에서 유래했다. 커피에 연유를 섞어 마시는 것도 프랑스의 '카페오레(Cafe au Lait)'와 비슷하다. 식민지 시절 프랑스인들이 우유와 생크림 대신 보관이 쉬운 연유를 주로 썼는데, 이것이 정착되어 베트남 커피 문화에 녹아있는 것이다.

베트남 커피는 우리나라에도 영향을 미쳤다. 인스턴트 커피가 1950년대 6·25 전쟁 이후 미군을 통해 소개된 후 1970년대 동서식품이 직접 생산하기 시작했다. 80~90년대까지는 인스턴트 커피, 프림, 설탕을 각각의 병에 넣어두고 입맛에 맞게 타서 마시는 것이 일반적이었다. 그러나 '맥심(Maxim)'으로 대표되는 믹스커피가 가정집과 사무실 등 곳곳에 자리 잡으면서 우리나라 커피 산업도 성장하기 시작했다.

특히 1997년 IMF 외환위기 때 구조조정으로 인력이 감축되면서 커피를 마시는 방식에 변화가 생겼다. 사무실에서 누군가가 타서 주는 대신 일손이 모자란 만큼 직접 타서 마시는 방식이 정착된 것이다. 이는 자연스럽게 간편한 커피믹스의 대중화를 가져왔다.

이제 우리나라 인스턴트 믹스커피는 세계에서도 알아주는 수준이 되었다. 빠른 것을 좋아하는 한국인의 성향과 구수하고 쌉쌀한 맛을 선호하는 한국인의 입맛에 로부스타 종의 특징도 잘 맞아떨어졌다. 맛의 특징에 저렴한 단가도 한몫해서 2014년까지도 베트남산 커피 수입이 23.7%로 가장 큰 비중을 차지했다. 베트남 커피의 주요 고객은 정말 우리나라였던 것이다. 이처럼 우리나라 믹스 커피의 성장에 함께한 것이 바로 베트남 로부스타 커피였다.

고등학생 때 선생님 몰래 자판기에서 뽑아 마시던 밀크커피도, 대학생이 되어 카페에서 이제는 제법 거들먹거리며 주문하던 카페 모카도 아닌, 베트남에서 마신 커피 한 모금에서 카피와의 진한 인연이 시작되었다.

스무 살 첫 여행지에서 힘들었던 기억과 달리 베트남에서의 행복한 기억과 함께 커피에 대한 궁금증을 안고 돌아왔다. 물론 지인들에게 선물할 베트남 G7커피를 잔뜩 사들고서 말이다.

우연히 시작된 베트남 커피에 대한 궁금증은 진로를 바꾸는 결정적인 계기가 되었다. 바이러스 미생물학이라는 무시무시해 보이는 전공으로 학부를 졸업했지만 고민 끝에 국제전문대학원으로 진학했다. 자연계 학부에서 인문계 대학원으로 접어든 파격적인 전향이었다. 그리고 해외지역연구(Area Studies)라는 전공으로 동남아시아를 선택해 베트남에 대해 공부하고 연구논문을 썼다. 논문 주제도 '베트남 커피'였다. 베트남의 오랜 역사와 전통문화, 국제 경제를 모두 훑어야 하는 어려움도 있었지만 커피라는 즐거운 매개체가 있어 힘들지만은 않았다. 오히려 공부하면 할수록 흥미로워 커피와 베트남에 점점 더 빠져들었다.

남은 건

부끄러운 사진 한 장

논문을 쓰기 위해 커피 농사를 짓는 이들을 만나러 베트남으로 현지 조사를 하기로 했다. 몇 년 전 여행에서 한 번 봤던 베트남 커피에 대해 다짜고짜 석사 논문을 쓰겠다고 결심한 것도 무모한 일인지라 내가 직접 한번 경험해보고 싶은 마음이 컸다. 첫 여행에서도 베트남에서 커피가 자란다는 사실만 새롭게 알게 되었을 뿐 커피에 대해 제대로 본 것은 없었다. 그래서 논문을 본격적으로 써야 하는 시기가 다가오자 직접 현지 조사를 해 보기로 결심했다.

시작부터 난관이었다. 이리저리 아는 인맥을 다 동원해야 했다. 첫 여행에서 만났던 현지 한국인들과 교수님의 인맥을 다 활용해 도움 줄 만한 분들을 찾았다. "제가 베트남 커피에 대해 논문을 쓰고 싶은데요, 혹시 베트남에 가면 현지 조사에 도움 받을 수 있는 곳이 있을까요?" "커피 농가를 방문하고 싶은데, 혹시 주변에 아시는 분이 있나요?" 돌아오는 대답들은 모두 부정적이었다. 쉬운 일이 아니었다. 연락하면 할수록 그냥 편하게 인터넷으로 찾은 자료로 논문을 쓰면 될 것을 왜 현지조사를 한다고 유난을 떨었을까 싶었다.

"아, 다영씨? 찾았어요. 현지 대학에 한국어학과 교수님이 한 분 계신데, 거기가 커피 재배 지역이라 제자가 커피 농부를 안다고 하네요!"

우여곡절 끝에 드디어 현지 교민에게서 반가운 소식이 들려왔다. 이런 게 바로 현지조사라는 것이구나! 경비를 모으기 위해 아르바이트를 시작했다. 커피에 관한 논문을 쓰기 위해 베트남으로 직접 현지조사를 가는 삶이라니, 뭔가 멋지지 않은가! 미래에 대한 이런 막연한 설렘은 수업을 들으며 아르바이트도 해야 했지만 모든 것을 즐겁게 할 수 있는 힘이 되었다. 대학을 졸업하고 한 번 갔던 여행지에서 커피를 만나 공부도 하고 이제 직접 조사하러 가는 인생. 남들이 하지 않는, 좀 다른 멋진 일을 한다는 허세 가득한 시절이었다. 그렇게 베트남으로 두 번째 여행을 떠났다.

방문지는 '달랏(Da Lat)'이라는 지역이었다. 달랏은 '베트남의 파리(Paris)'라 불리는 곳으로 베트남 남부 고원지대에 있는데, 폭포와 호수가 있고 숲과 정원이 아름다워 베트남 내에서 신혼 여행지로도 유명했다. 커피는 주로 온도가 너무 높거나 낮지 않은 열대 혹은 아열대 기후에서 자라는데, 동남아 열대기후인 베트남에서 커피를 찾을 수 있는 대표적인 곳이 바로 '달랏'이었다. 무더운 호치민보다 날씨가 선선하고 일 년 내내 온화한 기온을 유지하고 있어 커피가 자라기에 좋다.

도시에서 태어나 자랐고 농촌에서 살아 본 적이 없는 나였기에 농가란 사실 낯선 곳이었다. 시골이라고는 어릴 때 먼 친척 고모할머니 댁에 가본 것이 다였다. 그러니 말도 통하지 않는 나라의 농가를 혼자 직접 방문해서 무언가를 조사하는 일이 낯설 만도 했다. 그러나 그때는 새로운 경험인데다 무식하고 용감해서 두려움도 별로 없었다. 직접 커피 밭에도 가고, 농부도 만나다니! 내 주변에선 아무도 해 본 적 없는 일이었다. 내가 알기로는 내가 처음이었다.

아는 것도 별로 없으면서 전문가 포스를 뽐내며 드디어 농부를 만났다. 그리고 인터뷰를 시작했다. 그러나 이야기를 나누고 커피 밭을 보면서 점점 내 용감함은 부끄러움과 미안함으로 변해갔다. 내가 만난 아저씨는 키가 매우 큰 로부스타 커피나무를 50그루 남짓 키우고 있었다. 작은 규모였다. 다른 농부들처럼 커피 외에도 쌀이나 채소 등을 같이 키우고 있었다. 자녀가 많지 않았는데 고등학교를 마치고 집안 살림을 돕는 큰 딸과 어린 아들이 있었다.

"아저씨, 커피를 재배하면서 이루고 싶은 꿈이 있으세요?"

"애들 공부만 잘 시키면 좋겠어요. 막내아들은 도시에 보내려고요. 걔도 이렇게 살면 안 되지 않겠어요? 여기서는 고생만 해요. 부모인 저희는 아는 게 없어서 이렇게 고생이지만, 자식이라도 잘 살아야죠."

"커피 팔아서는 힘들지 않으세요?"

"그래도 해야죠. 커피는 돈을 받을 수 있으니까요. 다른 건 팔아도 그저 그런데 커피는 가끔 꽤 잘 받을 때도 있어요."

아저씨의 소망이 소박했다. 아저씨는 커피 밭과 다른 밭을 함께 가꾸고 있었는데, 커피나무는 길이 편하지 않은 가파른 작은 언덕에 듬성듬성 심어져 있어 숲을 이루고 있었다. 잘 모르는 내가 보기에도 커피를 관리하는 방식이 썩 전문가 같지는 않았다. 다른 농사가 바빠 커피에만 애정을 쏟기도 어려운 듯했다. 아내는 새벽부터 부엌일과 농장 일을 함께 했다. 아들은 아직 하루하루가 즐거운 천진난만한 어린아이였다.

개발도상국의 커피 농부가 가난하다는 것, 그것은 상식이었다. 농가를 방문하기 전에 자료를 읽었기에 이미 알고 있었다. 일반적인 농부들의 삶이 육체적으로 힘들고 고되다는 걸 알기에 큰 충격은 없을 거라 생각했다. 커피 농부가 아니더라도 가까운 우리나라 농부들의 삶도 그런 것이었다. 그렇지만 그날 인터뷰하며 만난 커피 농부의 삶은 나를 점점 부끄럽게 만들었다. 더 이상 물어볼 말이 없었다.

어떻게 보면 평범한 농가의 일상이었다. 그러나 그 농부의 삶과, 내게 한껏 흥미로웠던 베트남 커피와 한국의 믹스커피, 그리고 내가 카페에서 마시는 커피를 한번에 연결해 생각하기에는 간극이 너무 컸다. '커피'

에 관한 지식이 부족하기도 했지만, 단순하게 커피로 연결될 것이라고 생각했던 나와 그 농부들의 삶이 너무나 멀게 느껴졌기 때문이다.

인터뷰를 마무리하고 숙소로 돌아와 내용을 정리하자니 생각이 많아졌다. 너무 준비 없이 현지 조사를 했구나 하는 생각에 부끄러웠다. 현지 조사로 논문의 완성도를 높일 생각이었다. 하지만 이날 조사를 마치고 인터뷰 내용을 논문에 넣지 않기로 했다. 냉정하게 보자면 맥락에 맞게 제대로 조사를 못하기도 했지만 사실 다른 이유가 마음을 흔들었다. 커피 농가를 한번 방문해 조사하면 베트남 커피에 대해 더 많이 알게 될 것이라 여겼고, 이 경험과 이력으로 무언가 더 멋진 일을 할 수 있을지 모른다 생각했다. 핑크빛 허세에 불과했던 그 생각들이 자꾸만 나를 부끄럽게 했다.

논문에 넣으려고 사진도 찍었다. 농가에서 베트남 농부와 커피나무를 찍은 사진이었다. 그러나 그렇게 하지 않았다. 그냥 뭐랄까. 부족했던 인터뷰와 사진 한 장으로 내가 그들에 대해 제법 안다고 과시하는 것처럼 느껴져서 차마 넣지 못했다. 현지조사 내용 없이 논문을 제출했고, 이 경험은 아무에게도 말하지 않고 가슴에 묻어둔 기억이 되었다.

목동 칼디에서

카페 플로리안까지

커피를 본격적으로 즐겨 마시기 시작한 것은 대학시절부터였다. 아이 입맛이라 아메리카노는 쓰기만 할 뿐 맛이 익숙하지 않았다. 그러니 우유를 섞어 달콤한 생크림이나 초코, 캐러멜 시럽 등을 듬뿍 뿌린 카페모카나 캐러멜마키아토가 내가 즐겨 찾는 메뉴였다. 수업이 끝나면 과제와 함께 달콤한 테이크아웃 커피 잔을 들고 도서관에 자리를 잡는 것을 멋으로 여겼다. 이때 커피는 술과 함께 갓 성인이 된 학생들이 너도나도 어른인 척 마시면서 자유를 과시하는 상징이었다고나 할까.

어느새 커피는 하루를 시작하며 마시는 필수 음료가 되었고, 아침밥처럼 매일의 양식이 되어갔다. 점심 식사 후에도 친구들과 노닥거릴 곳으로 카페는 꼭 맞는 공간이었으며, 학교에도 하나둘씩 카페가 들어오기 시작했다.

대학원 진학 후 베트남 커피에 대해 본격적으로 머리 아픈 논문을 작성할 즈음이었다. 머리를 쥐어짜 몇 장 분량을 써서 다음날 교수님께 선보이면 깐깐했던 나의 교수님은 빨간 펜으로 틀린 글자를 하나하나 다 교정해 주시며 나를 부끄럽게 만들곤 하셨다. 남은 하루는 교정부호가 난무한 출력물을 보며 다시 수정작업을 진행했다. 게다가 새로운 장의 내용도 더 추가해서 가져가야 했다.

한두 달 짧은 기간이었지만 밤새워 글을 써서 다음 날 교수님을 만나고, 집에 돌아와서 몇 시간 못 자고 다시 수정과 새로운 내용을 작성하는 하루가 계속 반복되었다. 당연히 커피를 손에서 놓을 수 없었다. 이전과 다르게 우유와 시럽이 빠진 쓰고 진한 아메리카노가 나의 주 식량이 되어 갔다.

교수님을 만나러 가는 날 아침은 잠도 깨지 못한 채 스타벅스에 들러 일반사람들은 잘 알지도 못하는 벤티 사이즈 아메리카노 한 잔(실제로 벤티 사이즈는 한 병 크기에 가깝다)을 사서 학교를 갔다. 교수님의 빨간 펜 교정과 잔소리(?)가 한바탕 끝이 나면 아직 한참 남아 있는 벤티 사이즈 아메리카노를 들고 집으로 돌아왔다. 잠시 휴식 후에 반 이상 남아 있는 벤티 사이즈 아메리카노를 다시 마시며 수정하고 새로운 내용을 더하며 새벽까지 꾸역꾸역 글을 썼다. 글과 커피만이 모든 것이던 시절이었다. 그때 나에게 커피는 식량이자 에너지음료였다.

커피는 언제부터 우리의 일상을 깨우는 음료가 되었을까. 커피의 발상지는 동아프리카에 위치한 에티오피아로 알려져 있는데, '커피(Coffee)'의 어원도 에티오피아 서남부의 커피산지인 카파(Kaffa)라는 지역에서 유래되었다.

유네스코가 이 카파 지역이 아라비카 커피의 원산지라고 공식적으로 발표하기도 했다. 실제로 에티오피아에서는 커피를 마시기 시작한 기원에 대한 이야기가 전해져 온다. 목동 칼디(Kaldi)가 자기 염소가 나무 열매를 먹고 흥분해서 이리저리 뛰어다니는 것을 보고 호기심에 그 열매를 먹어 보았다고 한다. 이전과 다르게 기분이 상쾌해지고 힘이 나는 것을 느끼고 사람들에게 이 열매를 알리기 시작했다.

그 이야기가 퍼져 가까운 수도원에도 전해지는데, 수도사들이 더 오래 기도할 목적으로 깨어 있기 위해

이 열매를 직접 먹거나 즙을 내어 마셨다고 한다. 이때부터 인류는 커피를 음료로 마시기 시작했다. 이후 커피를 마시는 문화가 이슬람을 통해 유럽으로 전파되어 유럽인들의 음료가 되었다. '칼디'라는 소년의 이야기는 커피 관련 책에 항상 등장하는 유명한 이야기가 되었다.

최근에 한 기사에서 또 다른 기원에 관한 재미있는 이야기를 읽었다. 15세기경 커피를 음료로 마시는 문화가 아랍 지역에 전해졌는데, 이는 중국의 차 문화에서 영향 받았다는 내용이었다. 실제로 커피나무가 아프리카에서 예멘 등 아랍에 전해진 것은 역사적 근거가 있지만, 커피를 로스팅해서 뜨거운 물로 추출해 마시기 시작한 기록은 없다고 했다. 오히려 이슬람에 중국의 차 문화가 전해지면서 커피도 차처럼 마셨을 것이라는 추측이었다.

15세기 중국 명나라 환관인 정화(鄭和)가 아시아와 아프리카 대륙을 항해한 기록이 있다. 30년 간 동남아, 인도, 아랍, 아프리카 지역까지 일곱 차례나 대항해를 떠났는데 항해의 주요 목적은 무역이었다. 예멘 지역을 방문했을 때 정화가 남긴 기록에는 커피 이야기가 없다. 시기상 예멘을 방문한 정화에 의해 아랍에 중국의 차 문화가 전해졌을 가능성이 더 높다는 것이다.

이후 아랍인들이 아프리카에서 커피가 전해지자 커피를 뜨거운 물로 추출해 마셔보기 시작했고, 이것이 커피를 음용한 시작일 수 있다는 꽤 흥미로운 이야기였다. 이슬람에서 시작되어 서양에 전해진 서양의 대표 음료인 커피가 동양의 차 문화에서 시작되었다면 흥미로운 사건이 아닐 수 없다.

하지만 기원은 기원일 뿐 세계적으로 커피 대중화에 공헌한 것은 서양 문화임에 틀림없다. 서양에서는 와인이나 맥주 등 술 문화도 발달했지만 역사적으로 유럽 지식의 전파와 함께 커피를 마시는 문화를 폭발적으로 확산시켰다고 해도 과언이 아니다. 커피는 17세기 베니스의 상인들에 의해 처음 유럽에 전해졌는데, 1645년 이탈리아에서 최초로 개장한 '커피하우스'가 유행하면서 유럽 전역으로 퍼져갔다.

커피하우스는 유럽 지식인들의 교류의 장 역할을 하면서 점차 주변 유럽국으로도 빠르게 확산되었고, 18세기에는 영국 런던에만 2000여 곳이나 생겨났다고 하니 그 인기가 지금의 카페보다 더하면 더했지 부족하지는 않았을 것이다. 이렇게 유럽 전역에 알려진 커피가 지금은 세계인이 마시는 대표적인 음료로 자리 잡았다. 그리고 오늘날 수많은 이들의 하루 일과를 깨우는 음료가 된 것이다.

2013년 이탈리아 베니스로 여행을 갔다. 베니스의 랜드 마크인 산마르코 광장에 도착했을 때 1720년 문을 열었다는 이탈리아에서 가장 오래된 '카페 플로리안(Cafe Florian)'을 발견하고는 얼른 들어갔다. 유구한 역사의 카페답게 내부에는 여러 초상화가 전시되어 있었다. '첫 커피하우스가 문을 연 베니스에서 18세기를 풍미했던 가장 오래된 카페라니. 오, 이 카페가 그런 곳이구나.' 카페 플로리안은 나폴레옹, 장자끄 루소, 바이런, 괴테, 바그너, 릴케, 니체, 카사노바 등 수많은 지식인과 예술가들이 방문하고 토론을 즐겼던 장소로, 이미 베니스의 빼놓을 수 없는 관광지가 되어 있었다.

내부의 아름다운 금장뿐 아니라 야외 테라스 앞에서 악사들이 종종 음악을 연주하는 것도 유명했다. 카페 내부에도 이탈리아답게 클래식 음악이 BGM으로 흘러나왔다. 카페에서 음료를 서빙하는 이들은 정장에 가까운 유니폼을 입고 정중하고 깍듯한 태도로 손님들을 대했다. 이런 것들이 문화가 가진 힘이라는 생각이 들었다.

인류의 지성을 깨우는 음료였던 커피. 아프리카 목동이 발견한 커피는 기도에 전념하는 수도사들을 거쳐 이슬람과 유럽에서 꽃을 피웠다. 오늘날 나에게도 전해져 끙끙대며 공부를 무사히 마칠 수 있게 도왔고, 많은 직장인들의 하루를 깨우며 너무나도 익숙한 음료로 자리 잡았다. 나도 모르는 사이 점점 '커피'라는 음료의 매력에 빠져가고 있었다. 아니, 커피는 우리 모두가 사랑할 수밖에 없는 음료다.

한겨울에도 아이스 아메리카노

"따뜻한 아메리카노 주세요."

"아이스 아니고 따뜻한 거 맞으세요?"

"네."

카페에 가면 대부분 이렇게 점원과 대화를 시작한다. 특히 여름이면 더 그렇다. 이 더위에 따뜻한 아메리카노를 시키다니, 친절한 카페 점원은 제대로 주문한 것이 맞는지 돌다리를 두 번 두드리듯 확인한다. 번거로워도 "네"라고 대답하면 알겠다는 듯 아메리카노를 추출하기 시작한다.

'얼죽아'라는 신조어가 몇 년 전부터 유행하기 시작했다. 이에 질세라 '쪄죽따/뜨죽따' 등 반대말도 심심치 않게 따라붙었다. '얼어 죽어도 아이스', '쪄/뜨거워 죽어도 따뜻한'의 줄임말이다. 얼음 사랑은 아시아인, 특히 우리나라 사람들에게 유별나다. 커피 산지나 해외를 다니다 보면 우리나라처럼 얼음을 즐겨 먹는 나라가 많지 않다는 사실에 놀랐다. 무척 더울 것 같은 아프리카나 남미에서도 의외로 차가운 맥주보다 미지근한 맥주를 선호한다. 탄산음료도 얼음 없이 그대로 컵에 담아주는 경우가 많다.

한국은 그렇지 않다. 커피, 맥주, 탄산음료, 심지어 물에도 얼음을 넣어 마시는 사람들이 많다. 어느 매장이건 얼음을 넣은 음료 메뉴는 기본이고 맥주 역시 냉장고에 보관한다. 정수기와 냉장고도 얼음을 바로 먹을 수 있는 모델이 잘 팔리고 얼음 옵션이 없는 제품은 한 단계 낮은 모델로 치부되어 가격이 저렴하다.

한국 사람은 왜 이렇게 얼음을 좋아할까. 날씨 영향도 무시할 수는 없다. 지구온난화로 한국에서도 열대기후 같은 날씨가 이어지니 말이다. 그러나 배탈이 걱정돼도 얼음을 포기하기는 힘들다. 더운 여름 날씨는 지구상에 다른 곳에서도 많으니 날씨를 떠나 우리나라 사람들의 얼음 사랑은 특히 유별나게 느껴진다.

이런 현상은 커피 회사에서 그냥 지나칠 수 없는 마케팅 소재가 될 수밖에 없다. 한여름 SNS에는 '얼죽아' 포스팅이 넘쳐난다. 여름 음료도 당연히 차갑고 시원한 음료에 집중된다. 카페 입장에선 여름이 비수기라 어떤 식으로든 매출을 올려 무사히 견뎌내야 하기 때문이다.

여름이 다가오면 커피 회사들은 너도나도 콜드브루 개발이나 프로모션에 바빠진다. 카페에 콜드브루 메뉴가 아예 따로 한 판 가득 적혀있는 것을 보면 아이스 음료는 여름철 구원투수나 다름없다.

그러나 소수일지 모르지만 나처럼 '여름에도!' 따뜻한 음료를 꿋꿋이 고집하는 사람들이 있다. 한겨울에도 '얼죽아'를 외치는 사람들이 있다면 더워도 '더죽따'를 부르짖는 사람이라고 왜 없겠는가. 한여름 너무 무덥거나 쪄 죽을 것 같을 땐 나도 아이스를 찾는다.

하지만 극한의 더위가 아니라면 커피는 되도록 따뜻하게 마시는 편이다. 커피에 얼음을 넣어 마시면 탄산음료를 마시는 것과 별 차이가 없다. 커피 특유의 맛과 분위기가 느껴지지 않기 때문이다. 커피를 더 '커피'답게 마셔보고 싶은 매우 주관적인 고집이다.

커피 꽤나 좋아한다는 사람들 중에도 따뜻한 커피를 찾아 마시는 이들을 쉽게 만날 수 있다. 단순히 더위를 잊게 해줄 시원한 목 축임용 음료가 아닌 커피 한 잔이 주는 휴식, 풍미 혹은 커피 향을 더 중요하게 생각해 놓치고 싶지 않은 건 아닐까.

나와 생각이 비슷한 건지 혹은 문화적 차이인지 모르겠지만 최근에 '한국에 와서 아이스 아메리카노를 처음 먹어본 이탈리아인'이라는 영상에서 봤던 이탈리아인이 기억난다. 한국의 아이스 아메리카노를 한 모금 마시고 오만상을 찌푸리며 고개를 절레절레 흔들며 왜 아이스 아메리카노가 싫은지 한창 설명했다.

"이탈리아엔 '아아'라는 개념이 없나요?"

PD가 묻자 그가 정색하며 대답했다.

"당연히 없죠!"

이탈리아에는 아이스 아메리카노라는 개념이 없을 뿐만 아니라 수치라고 생각할 정도란다. 이탈리아의 피자도 미국이 자기들 방식으로 다 바꿔 버렸다는 매우 이탈리아적인 불평도 이어졌다. 결국 에스프레소 한 잔을 주욱 들이키고서 다시 행복함을 느끼며 마무리되는 영상이었다. 에스프레소 종주국의 자존심이 느껴졌다.

최근 한 주말드라마에서는 이런 장면도 있었다.

"이탈리아에서 아메리카노는 구정물과 같아요."

남자 주인공이 카페에서 이탈리아스러운 허세를 부리자 여배우가 대차게 맞받아치며 외쳤다.

“저는 아이스 구정물 하나요!”

여배우 대사가 정말 한국 사람답다는 생각이 들었다. 정답은 없다. 아이스면 어떻고 에스프레소면 어떤가. 얼죽아도 더죽따도 취향이고 기호인 것을. 이탈리아인이 에스프레소에 자부심을 가지고 커피에 얼음을 넣지 않는 것, 한국인이 차가운 맥주에 환호하고 한겨울에도 아이스 아메리카노를 마실 수 있는 것. 차가운 커피를 향한 사랑이 더치커피와 콜드브루를 가져왔고 에스프레소에 대한 고집은 이탈리아를 에스프레소 머신 종주국이 되게 했다. 미국의 취향이 피자와 아메리카노를 세계화시켰고 일본의 정교함이 핸드드립 기술의 발전을 가져왔으면 된 것 아닌가.

개인적으로 소박한 바람이 있다면 여름에 카페에서 커피를 고를 때, 메뉴판 한가득 콜드브루와 ‘○○치노’들만 있는 게 아니라 내가 좋아하는 따뜻한 핸드드립 커피도 손쉽게 선택할 수 있으면 좋겠다는 것뿐이다.

바리스타 자격증 정도는 있어야 커피인?

커피를 공부하고 논문도 썼지만 전공을 따라 국제 구호 NGO 분야 직장들을 다녔다. 비슷한 공공기관과 컨설팅 회사로 옮겨 다니면서 일이 많고 힘들 때는 여느 직장인들처럼 커피를 입에 달고 살았다. 아침에 출근하며 테이크아웃 한 잔은 필수였고 점심식사 후 한 잔은 졸음을 방지하는 처방전과 같았다.

두 번째 퇴사를 결심할 즈음 완전히 신입 티를 벗고 국제 NGO 실무에 제법 노하우를 쌓고 나니 진로와 인생에 대한 고민이 다시 슬금슬금 올라왔다. 세상에 쉬운 일이 있겠냐만 NGO 일은 상대적으로 소명과 봉사정신, 헌신이 더 필요한 일이었다. 그래서인지 자연스럽게 내가 하는 일을 돌아보며 진로를 고민하기 시작했다.

나는 왜 이 일을 시작했을까, 앞으로 어떤 곳에서 일을 해야 하나, 평범한 고민들의 꼬리를 물고 계속 한 가지 생각이 떠올랐다. 베트남 농부를 만난 후 막연하게 커피 농부들을 위해 일할 수 있을 것 같아 국제 구호 분야에서 일했지만 내가 할 수 있는 일은 그다지 없었고, 커피에 대한 생각과 커피 농부에 대한 첫 기억이 지워지지가 않았다. 그에 더해 내가 커피를 많이 좋아한다는 사실과, 커피 생산지를 밟았던 경험이 연결되었다.

그렇게 이직을 고민할 때 '아름다운커피'라는 공정무역 회사의 채용 공고를 만났다. 공정무역은 베트남 커피를 공부할 때 알았지만 구체적으로 인연이 닿지 않았었다. 채용 포지션도 커피 생산지 업무 담당이라 공고문만 보고도 꼭 도전해보고 싶었다. 그 옛날 커피 농부를 위해 일하고 싶었던 생각을 이 회사에서라면 실현할 수 있지 않을까 기대가 되었다.

이직은 순조로웠다. 국제구호 일을 해본 경력이 도움이 된 것 같았다. 담당 업무도 이전 회사에서와 비슷한 국제 프로젝트 관련 일이라 전혀 생소하지 않았다. 그렇지만 커피 사업도 해야 하니 구호작업이 중심이던 이전 직장들과는 아주 성격이 다른 회사였다. 우연히 베트남을 여행하고 커피를 알게 되고 커피에 대해 공부해서 커피 농부를 돕는 일을 하고 싶다고 생각했는데, 그 일을 할 수 있는 곳일 거란 생각에 출근하는 마음가짐도 달라져 있었다.

"커피는 많이 좋아해요?" 첫날 팀장님이 물었다.

"네, 그럼요. 많이 좋아해요. 그래서 논문도 커피로 썼는걸요."

자신 있게 대답했지만 문득 이런 생각이 들었다. '그래도 명색이 커피회사에서 일하게 되었는데 커피를 좋아하는 것을 넘어 좀 더 알아야 하지 않을까.' 베트남에서 커피 농부를 만날 때 단순히 커피를 좋아하는 것밖에 별로 아는 것도 없다고 뼈저리게 느끼던 때가 다시금 떠올랐다.

좀 더 전문성을 갖춰야 한다는 생각으로 바리스타 자격증 공부를 시작했다(나중에 알고 보니 바리스타 자격증을 따고 입사한 사람이 별로 없었다). 책을 보고 이론 시험을 준비하는 것은 어렵지 않았지만 카페에서 아르바이트를 한 경험도 없으니 에스프레소 머신을 다루고 라떼아트를 만드는 실기 시험은 많은 연습이 필요했다. 안정감 있게 음료를 추출하고 라떼아트를 연습하는 데 우유와 커피 등 재료가 생각보다 많이 들었다. 자격증 과정 비용이 꽤 높다고 생각했는데 실습에 필요한 재료들을 생각하니 이해되었다.

입사와 함께 바쁘게 시험 준비를 계속해 갔다. 학원에 다니면서 주중 퇴근 후와 주말에 틈틈이 연습했다. 왼손잡이라 남들과 반대방향으로 연습해야 하는 어려움이 있었다. 강사가 가르쳐 주는 것과 반대 방향으로 하려니 익숙해지는 데 시간이 배는 더 걸리는 것 같았다. 손을 떨지 않고 우유로 라떼아트를 천천히 그리는 것도 쉬운 일이 아니었다. 연습에 연습을 거듭했다.

마침내 이론 시험을 통과하고 두렵고 떨리는 실습 시험 날이 다가왔다. 긴장을 많이 해서 라떼아트가 생각보다 못생기게 나왔지만 결과는 합격이었다. 뛰어난 성적은 아니어도 무사히 통과해 바리스타 2급 자격증을 드디어 손에 쥐게 된 것이다. '그래도 이젠 커피 회사에서 일한다고 어디 얘기는 해도 괜찮겠네.'

아름다운커피에서의 생활은 꿈만 같았다. 커피에 대한 모든 것을 볼 수 있는 종합백화점이었다. 규모가 큰 회사는 아니지만 공정무역 회사로서, 생산자로부터 직접 커피를 공정무역으로 구매하는 업무부터 상품을 직접 개발해서 만들고 온라인과 오프라인 매장에서 판매도 하고 직영하는 카페에서 커피 음료를 추출해 판매하는 일도 하고 있었다.

커피 생두를 생산국에서 직접 사와서 소비자에게 판매하는 것까지 모든 과정을 '직접' 하는 곳이었다. 그래서 입사 후 익혀야 하는 커피 관련 교육도 많았다. 커피회사 직원이라면 알아야 한다며 커피를 추출하는 방법까지 교육받았다. 나의 입장에서는 천국이나 다름없었다. '드디어 좋아하는 일을 업으로 하는구나!'

그러나 더 흥미로운 것은 진짜 커피 농부들의 삶에 가까이 다가갈 수 있다는 점이었다. 베트남에서 커피 농부를 만났을 때 느꼈던 부끄러움을 반전시킬 수 있는 기회가 주어진 것 같았다. '그래, 여기서 일하면 내가 몰랐던 커피에 대해 더 실제적인 것을 배우면서 그때와 다르게 무엇인가 할 수 있겠지. 농부들과 의미 있는 이야기들을 할 수 있겠지?' 이런 생각과 함께 진짜 한번 '공정무역을 하면서 살아보자'는 생각이 들었다. 그렇게 나는 '커피'를 '공정무역'으로 들여다보기 시작했다.

커피가 자라는

네팔

"차로 12시간을 가야 한다고요?"

"네. 원래는 오늘 도착하면 저녁에 카트만두에서 바로 차로 가려 했는데, 오늘은 아무래도 조금 피곤하실 테니 내일 아침에 출발하는 것으로 하죠. 아침에 출발하면 저녁이면 도착할 수 있을 거예요."

입사 후 첫 출장으로 네팔의 카트만두에 도착한 직후였다. 내가 좋아하는 나라는 동남아 국가들이었는데, 아름다운커피의 대표 커피생산지인 서남아시아 네팔에 첫 발을 디딘 것이다. 서남아시아라니! 네팔이라는 나라는 들어본 적도 별로 없고 히말라야 산맥 정도밖에 모르는데. 인천에서 출발해서 7시간의 비행을 마치고 공항에 내려 차를 타며 다음 행선지를 물었을 때 돌아온 팀장님의 대답에 깜짝 놀랐다. 차로 12시간 더 가야 한다고? 그것도 도착하자마자 밤에 바로 출발하려 했다니, 이 사람들, 너무 스파르타식이잖아!

다음 날 아침 일찍 커피 생산지로 향했다. 12시간 동안 덜컹거리는 네팔 시골길의 로드 트립이 시작되었다. 동남아시아로 배낭여행 꽤 다녀본 나도 베트남에서 버스로 8시간 여행도 해보고 캄보디아에서는 바닥에 구멍 난 버스도 타보았다. 경제 사정이 어려운 나라의 시골길을 꽤나 다녀봤지만 네팔의 도로는 격이 달랐다. 세계의 지붕 히말라야를 품은 나라답게 자동차 도로도 굽이굽이 깎아지른 산길이 아슬아슬하게 이어진 비포장도로였다. 네팔이 초행인 몇몇 한국 동료들이 먼 길에 미리 멀미약을 먹고 붙여도 보았지만 전혀 소용없어 몇 번이나 차를 세워야 했다. 결국 서로 자리를 바꿔가며 약 12시간을 달려 드디어 저녁 무렵 목적지에 도착했다.

도착한 곳은 '굴미'라는 시골이었다. 우리나라로 치면 경남 산청군, 강원도 영월군 등의 '군'과 같은 행정구역 중 하나였는데, 네팔 중서부에 위치한 시골지역이었다. 1944년경 네팔에서 처음으로 이 지역에 커피를 심고 키워 '네팔 커피의 기원'과 같은 곳이라 농부들도 자부심이 대단했다. 그렇게 2014년 11월 나는 네팔 굴미에서 네팔 커피 농부들을 만났다.

굴미에 출장을 온 이유는 아름다운커피가 네팔 커피

농부들을 지원했던 프로젝트를 리뷰하고 성과를 찾고 전략을 수립하기 위해서였다. 이날 농부들과 함께 워크숍을 하며 결과를 찾던 중이었다. 그런데 아름다운커피 입장에서 별로 좋지 않은 결과들도 보이기 시작했다. 워크숍을 진행하던 나는 자리에 있는 농부들에게 그간 궁금한 것들을 바로 물었다.

"그런데 왜 커피를 많이 수확하지 못한 걸까요?"

"……."

농부들 사이에 잠시 침묵이 흘렀다. 2006년부터 아름다운커피와 공정무역으로 거래한 굴미 커피농부들은 이전보다 수입이 증가했다. 공정무역 계약 조건이 다른 계약보다 더 좋기 때문이다. 2013년부터 본격적으로 굴미 커피 농부를 지원하는 프로젝트를 진행했다. 농부들이 커피를 잘 키울 수 있도록 농업훈련을 하고, 생산과 가공에 필요한 여러 가지 시설도 지원했을 뿐 아니라 농부들이 스스로 비즈니스를 잘할 수 있도록 교육하기도 했다.

이런 지원에 힘입어 굴미 농부들의 소득이 늘어났

다. 커피에 대한 지식도 늘고 자신감이 생긴 것도 느낄 수 있었다. 그런데 전체 커피 생산과 수확이 줄었다. 게다가 품질도 크게 좋아지지 않았다. 거래를 넘어 별도의 지원을 더한 회사 입장에서는 직접 농부들을 찾아 원인을 찾고 대책을 세우는 게 필요했다.

"병충해가 도저히 잡히지 않았어요."

가운데 앉아 있던 마나(Mana)라는 아주머니가 침묵을 깨고 입을 열었다.

"커피 벌레가 자꾸 퍼지는데, 온갖 노력을 해봐도 줄어들지 않아요. 아름다운커피가 지원했던 페로몬 트랩을 써도 효과는 그때뿐이었어요. 하다하다 안 되니 우리 딴에는 벌레를 막으려고 나무에 짚을 두르고 별짓을 다 해봐도 잡히지가 않는데, 커피가 어떻게 잘 자라겠어요."

네팔 시골에서 한국의 아름다운커피에 공정무역으로 직접 수출을 시작한 굴미 농부들이었다. 아름다운커피가 농부들을 지원하는 프로젝트를 시작하자 더 자신감이 생겼다. 이전보다 돈도 더 벌었고 내친김에 전에 못했던 투자도 해야겠다 생각했다. 친환경 유기농 커피를 재배하는 굴미 농부들은 자부심도 강했다. 화학비료나 농약을 쓰지 않고도 좋은 커피를 키워냈고 한국에 수출까지 하는 유명한 지역이 되었다.

그런데 커피 벌레가 생기기 시작했다. 처음에는 보이는 대로 잡아서 죽이고 관리하면 될 것 같았다. 그러나 벌레가 점점 퍼져나가며 커피나무를 조금씩 망쳐갔다. 친환경 유기농 재배를 하니 농약이나 살충제를 쓸 수도 없었다. 한국에서 공수해 온 페로몬트랩을 곳곳에 세워 벌레를 교란시켜 보려고도 했지만 잠시 잡히는 듯하다가도 다시 개체수가 늘어나기를 반복했다. 커피나무가 더 상하지 않도록 나무마다 짚을 두르거나 유기농약을 제조해서 뿌리는 등 여러 가지 방법을 강구해 봤지만 나무들은 점점 약해졌다. 커피 열매도 예전만 못했고, 나무 수는 많은데 생산량은 줄어들고 있었다.

커피 해충이 퍼지기 시작했다는 이야기에 페로몬트랩이라는 장치를 한국에서 공수해서 굴미에 설치해 주었던 아름다운커피였다. 농부들 입장에서도 이들을 위해 최선을 다해야 했다. 그러나 결국 실패했다. 농부들이 '이유를 알면서도' 쉽게 입을 열지 못한 이유였다. 좋은 커피를 번듯하게 많이 생산해서 한국에 보내고 싶었을 것이었다. 침묵 이후에 뱉어낸 마나 아주머니의 대답에서 여러 가지 마음이 한꺼번에 느껴졌다.

워크숍을 마치고 그날 일을 정리하다 문득 베트남에서 커피 농부를 만난 날이 떠올랐다. 베트남에서 인터뷰하며 이런저런 질문을 했지만, 아는 것도 할 수 있는 것도 아무것도 없어 답답하고 스스로에게 부끄러웠던 기억 말이다. 그러나 이제 네팔에 와서 마나 아주머니와 다른 농부들의 이야기를 듣는 나는 분명 꽤 많이 달라져 있었다. 여전히 아는 것은 많지 않지만 무엇인가 도움 되는 일을 할 수 있을 것 같았다.

'커피 농부를 위해 내가 할 수 있는 일이 무엇일까?'

베트남에서 했던 막연한 생각과 고민은 이제 내가 매일 풀어나가야 할 현실이 되었다. 나는 네팔 커피 농부들을 위한 일들을 하나씩 만들어나가기 시작했다.

그날 지진은

네팔을 그렇게 흔들었다

네팔 출장을 마치고 복귀한 후 네팔에서 진행할 프로젝트로 바빠졌다. 네팔 커피가 잘 팔리자 다른 생산지를 찾아 새로운 프로젝트를 시작했다. 두 번째 생산지는 '신두팔촉(Shindupalchok)'이라는 네팔 중부의 또 다른 지역이었다. 이에 더해 아예 아름다운커피 네팔 카페와 사무실을 열어 본격적으로 사업을 시작하는 상황이었다.

카페와 사무실을 네팔 수도 카트만두에 마련하고, 농부들을 지원하는 프로젝트를 커피 생산지인 신두팔촉과 굴미 두 지역에서 각각 진행하기로 했다. 카트만두 사무실과 카페에 한국인과 현지 직원들이 상주하면서 생산지를 오가며 프로젝트를 운영할 수 있도록 준비했다.

한국 본부에서 많은 자금을 투입해 현지에 법적 회사를 설립했다. 카페와 사무실에 적합한 부지를 찾으면서 직접 사업을 진행할 한국 직원도 파견했다. 나는 일련의 과정이 잘 진행되도록 한국에서 현지사무소와 직원들 그리고 프로젝트를 관리했는데 시차로 밤낮, 주말도 없이 소통하며 일하기 일쑤였다. 그렇게 사업 준비로 분주하던 2015년 4월 25일, 4월의 마지막 토요일이었다.

'네팔 강진 발생!' 포털 사이트에 깜짝 놀랄 뉴스가 올라오기 시작했다. 지진이라니! 어제까지 네팔에 있는 한국 직원과 연락하고 토요일 쉬고 있던 차였는데, 지진이라고? 회사 팀 카카오톡 채팅방이 분주해지기 시작했다.

"지진이라는데 별일 없겠죠?"

"우선 한번 연락해 볼까요?"

"현지에 있는 센터장은 카톡 보면 응답하라!"

응답이 없었다. 뉴스는 심각해지기 시작했다. '81년 만의 강진', '카트만두 사상자 다수 발생'. 두려움이 엄습했다. 현지 직원들은 모두 카트만두에 있는데 괜찮은 건지, 처음 '큰일은 없겠지' 하던 생각이 점점 초조함으로 바뀌어갔다. 왜 연락이 되지 않나 초조하게 기다리는데, 오후 늦게야 한국 직원이 소식을 전해왔다.

"여긴 아수라장입니다. 지진이 엄청 크게 나서 다 무

너지기 시작했어요!"

"현지 직원들 소식은요? 연락은 되었나요?"

"다행이 다친 분은 없는 것 같아요."

카트만두 주요 문화재와 시설들이 다 무너지고 공항이 폐쇄될 만큼 피해가 컸다. 이후 여진도 매일 계속되었고 규모도 작지 않았다. 네팔 전역을 흔든 규모 7.9의 강진이었다. 일단 현지 피해상황을 파악하는 일이 절실했다. 네팔 전역에 피해가 있다고 하니 다른 지역 농부들의 소식도 알아야 했다.

며칠간 비상이었다. 한국에서는 대책 마련을 위한 논의가 계속 이어졌다. 처음의 충격이 조금씩 진정되고 사람들도 차차 정신을 수습해가던 중이었다. 2주쯤 지난 5월 13일, 아침부터 현지에서 긴급 메시지가 도착했다. '신두팔촉에 다시 큰 지진이 발생했어요! 신두팔촉에요!'

5월 12일 자정 넘어 신두팔촉 근처를 진앙으로 다시 7.4 규모의 두 번째 강진이 발생했다. 청천벽력 같은 소식이었다. 이번에는 도시가 아닌 농부들이 있는 신두팔촉 지역이었다. 새롭게 프로젝트를 진행하는 그 신두팔촉 말이다. 한국에는 다음 날 늦게서야 뉴스들이 전해졌다. 신두팔촉이 생소한 산간지역이었기 때문이다. 현지에 있는 직원에게서 먼저 소식을 받았지만 한국에 공식 뉴스가 뜨지 않아 상황을 알기 어려웠다. 외국 뉴스까지 찾아보자 점점 소식이 들어오기 시작했다. '피해 집계 불가', '산간지역 피해 집중 예상', '네팔 전역 다시 비상'.

2015년 4월 25일과 5월 12일 두 차례 강진으로 네팔은 최소 8,000여 명이 죽고 16,000여 명이 부상을 당했다. 두 번째 지진으로 신두팔촉 지역은 집과 학교 건물이 100% 가까이 무너졌고 사상자도 엄청났다. 4월 첫 지진 때보다 아름다운커피는 더 비상이었다. 피해가 생산지에 집중된지라 농부들의 생사가 중요한 현황집계가 어려웠다. 네팔 전역은 다시 발생한 지진으로 더 큰 피해가 덮쳤고 사람들은 더욱 실의에 빠졌다. 아름다운커피도 초상집과 같았다. 야심차게 네팔에 프로젝트를 시작하던 중에 대지진이라니! 농부들의 생사도 알 수 없었다.

무엇을 해야 하는 상황인데 무엇을 해야 할지 몰랐다. 아니, 무엇을 할 수 있는지도 알 수 없었다. 패닉이었다. 국제구호 일을 했었지만 '대지진'이라는 재난은 나에게도 새로운 사건이었다. 생산지를 담당하는 우리 부서뿐 아니라 아름다운커피 본사 다른 팀들도 모두 침울해졌다. 가족을 잃은 것 같았다. 네팔을 방문해서 농부들을 만나본 직원들도 많았다. 네팔 농부들은 아름다운커피에게 가족이나 다름없었다. 가족 같은 이들이기에 무엇이든 해야 했다. 생산지 프로젝트를 담당하는 우리 팀은 방법을 강구하기 시작했다.

'어떻게든 상황을 파악하고, 무슨 대책이든 세워야 해!' 아름다운커피의 네팔 지진피해 지원이 시작되었다.

지진은 사람이 다치고 건물이 무너지는 공포와 함께 여러 문제점을 한꺼번에 드러냈다. 가장 예측하지 못한 문제가 바로 커피 손실이었다. 커피는 1년에 한 번 수확하는 열매로, 수확하고 가공하는 데까지 제법 시간이 많이 걸린다. 열매(Cherry)를 수확해서 생두(Green Bean)로 가공하기까지 여러 공정을 거치기 때문에 몇 개월 정도의 기간이 필요하다.

네팔에는 11월 초에 열매가 열리기 시작하는데, 1~2월 즈음 열매가 붉게 익으면 수확해서 현지에서 가공한다. 즉 수확한 열매를 기계로 도정하고 햇빛이나 그늘에 말려 생두로 가공해 해외로 수출한다. 우리가 마시는 커피는 커피 열매의 씨앗인 생두를 수입해 로스팅하여 커피 원두(Coffee Bean)로 가공하고, 인스턴트 커피 등 다양한 형태로 제조해 음료로 섭취하는 것이다.

수확한 커피열매를 수출할 수 있는 생두로 가공하여 5~6월쯤 수출을 준비하는데, 지진이 발생한 4월과 5월이 한창 커피를 말리고 가공하던 시기였던 것이다. 농부들은 수확한 커피를 지역의 커피협동조합에 판매하고 협동조합은 이를 모아서 가공하고 말려 창고에 보관해 두곤 했다. 지진이 일어났을 때 신두팔촉 농부들의 커피는 협동조합의 창고와 가공하는 곳에 쌓여 있었다. 지진이 이 커피들을 한꺼번에 앗아가 버리고 말았다.

아름다운커피와 협동조합의 문제는 여기서 끝이 아니었다. 손실된 커피의 계약금 문제가 남아 있었다. 일반적으로 커피와 같은 농산물 무역의 거래는 상품 수입이 완료되면 대금을 지급한다. 그래서 커피와 같이 가공과 운송에 긴 시간이 필요한 경우에는 대금을 받기까지 시간이 오래 걸린다. 즉 농부들이 판매 대금을 바로바로 받지 못하는 것이다. 돈을 받아야 하는 시점과 실제로 받을 수 있는 이러한 시점의 차이가 제3세계 농부들을 더 가난하게 만드는 원인이 된다.

공정무역은 그 문제를 해결하기 위해 상품이 수입되는 시점이 아닌, 열매를 수확하기 시작할 때 일부 선급금을 지급한다. 농부들이 커피 열매의 값을 수확하고 바로 받아서 돈 없는 보릿고개를 겪지 않도록 보호 장치 역할을 하는 것이다. 아름다운커피는 네팔 신두팔촉 커피협동조합과 공정무역 거래를 해왔기 때문에 당연히 이때도 열매를 수확하는 1~2월 즈음에 이미 상당한 선급금을 보낸 상황이었다.

농부들이 커피를 잘 가공하고 말려 6월에 선적하고 8~9월 한국에 수입 완료되는 일정으로 사업을 운영하고 있었다. 그런데 4월 발생한 지진으로 수출을 준비하던 커피가 땅속에 파묻혀 버렸다. 협동조합도 수출할 커피를 잃어버렸지만 아름다운커피도 이미 지급한 돈을 잃어버린 상황이 된 것이다. 지진은 결코 네팔 농부들만의 문제가 아니었다.

"어떻게 하는 것이 좋을까요?"

"……."

누구도 쉽게 입을 열지 못했다. 보통 이런 상황이면 계약을 파기하고 지급한 선급금을 돌려받는 것이 비즈니스 거래일 것이다. 그도 그럴 것이 회사의 영업 손실과 직결되는 문제인데다, 금액도 1~2백 만 원 수준이 아니었다. 더 큰 문제는 올해 네팔 커피를 들여오지 못해 팔지 못할지도 모른다.

그런데 아름다운커피는 농부들의 빈곤을 퇴치하고자 하는 공정무역 회사가 아닌가. 엎친 데 덮친 격이라더니 딱 그 꼴이었다. 누가 이 상황에 묘안을 낼 수 있을까.

"농부들에게 어렵겠지만 온전한 커피를 최대한 모아서 보낼 수 있는 만큼이라도 보내달라고 해 주세요. 커피 대금은 애초에 계약한 물량대로 지급합시다. 그리고 손실된 커피 가격만큼은 우리가 기부금으로 지급한 것으로 하고요."

오랜 고민 끝에 경영진의 결정이 내려졌다. 회사가 농부들과 고통을 분담하고 손실을 감당하기로 결정한 순간이었다. 우리가 하는 공정무역이 무엇인지 온 몸으로 느껴지는 순간이었다.

그러나 우리 팀은 거기서 그칠 수 없었다. 해외사무소 설립상황은 어떤지, 농부들 상황은 어떤지, 선급금 탕감 외에도 무엇이 더 필요한지 파악하고 대책을 세우는 것이 우리 팀의 일이었다. 결국 나와 팀장님은 직접 네팔을 방문해서 피해 상황을 조사하기로 했다. 지진이 일어난 후 3개월이 지난 7월이었다. 우리는 다시 네팔로 향하는 비행기에 몸을 실었다. 그리고 무더운 여름 신두팔촉 커피협동조합 사무실을 찾았다.

“제가 아는 신두팔촉 지역 사람들은 절반 이상 떠나고 싶어 해요. 떠라이(남쪽 평야지역) 지역이나 카트만두로 가려고 해요. 아니면 외국으로 나가려고 카트만두로 가는 사람들도 있어요.”

신두팔촉 커피협동조합의 먼두 타파(Mandu Thapa) 매니저가 마을 분위기를 전했다. 지진 발생 후 여러 국제 긴급구호단체들이 들어와서 긴급구호활동을 시작한 지도 3개월이 되어가고 있었다. 그러나 여전히 복구는 더디었고, 무더운 여름이 다가왔는데 사람들이 지낼 온전한 집도 찾아보기 어려웠다. 하지만 그런 가시적인 어려움보다 먼두 매니저가 전하는 지역 농부들의 이탈 현상이 더 무겁게 들렸다.

“왜 떠나려는 거죠?”

“가족들이 많이 죽었어요. 그리고 집도 잃고 모두 다 잃어서 머물 곳도 없으니까요. 도시나 외국에 나가면 일

자리가 있잖아요. 다들 새로 시작하고 싶어 해요."

큰일이었다. 이들과 파트너십을 유지하고 복구를 돕기 위해 왔지만 사람들이 떠나고 싶어 한다는 이야기를 들으니 난감했다. 우리가 현지조사까지 온 것은 아름다운커피와 신두팔촉 커피협동조합의 관계가 일반 비즈니스 관계와 다르기 때문이었다.

아름다운커피는 생산자와 소비자의 연대, 서로를 지지하는 장기적이고 지속적인 공정무역 거래를 추구한다. 신두팔촉 지역의 문제가 아름다운커피의 문제기도 했다. 우리는 상품과 원산지에 문제가 생겨도 거래를 쉽게 끊을 수 없는 연대와 파트너십 관계다. 그런데 이들이 떠난다면 이 연대가 무슨 소용이란 말인가.

'어떻게 해야 농부들이 떠나지 않게 도울 수 있을까. 어떻게 하면 농부들이 원래 살던 곳에서 회복되도록 도울 수 있을까. 농부들이 마음을 바꿀 수 있다면 좋을 텐데, 마음을 바꾸게 할 수 있는 방법은 정말 없을까?'

오랜 고민 끝에 한 가지 생각이 떠올랐다. 농부들을 대상으로 심리치료를 해보면 어떨까 하는 생각이었다.

과연 할 수 있을지 자신은 없었지만 다른 생각이 들지 않았다. 긴급하게 식량을 지원하고 무너진 창고와 커피 가공 설비 지원도 약속했지만 그보다 더 절실하게 변화가 필요해 보였다. 농부들의 삶에 대한 의욕이었다. 아름다운커피가 약속한 이 모든 지원도 농부들이 의지가 있어야 의미가 있지 않을까. 그렇지 않으면 다 소용없는 일인 것만 같았다.

지푸라기라도 잡는 심정으로 정서지원 심리치료 프로그램을 알아보기 시작했다. 한국에 돌아와 트라우마 상담 분야 전문가들을 만났다.

"선생님, 네팔 커피 농부들이 마음을 돌릴 수 있는 방법이 있을까요?"

"농부들이 떠나고 싶은 마음은 이해가 돼요. 고통스러우니까요. 지진과 같은 재난은 사람들에게 몸과 마음에 큰 트라우마를 남겨요. 농부들이 트라우마를 벗어나려면 먼저 트라우마를 스스로 이해하고 방법을 찾을 수 있도록 도와야 해요. 오랜 시간이 걸릴 수도 있어요."

심리치료 선생님 답변을 듣자 내 생각이 짧게만 느껴

졌다. 내가 과연 무슨 생각을 한 걸까. 순간 어설픈 동정심으로 단숨에 농부들의 마음을 돌리려 생각했던 것이 무모했다는 생각이 스쳐갔다. 잘 모르면서 과욕을 부린 것은 아닐까.

"물론 단숨에 해결하긴 어렵겠지만 농부들이 트라우마가 무엇인지 스스로 인식하는 것이 중요한 첫걸음이 될 수 있어요. 네팔의 농부들은 지진을 겪었지만 트라우마가 무엇인지도 모르는 분들이 대부분일 거예요. 오랜 시간 개개인 모두를 상담하기는 어렵겠지만, 농부들이 트라우마를 이해할 수 있도록 돕고 극복할 수 있다는 희망을 보여준다면, 조금이나마 도움이 되지 않을까요?"

"선생님, 같이 해 주실 거죠?"

선생님의 따뜻한 설명에 어렴풋이 희망이 보이는 것 같았다. 네팔 지진 피해 농부들을 위해 정서지원 프로젝트를 진행했다. 시작은 어려웠지만 농부들은 한국에서 온 트라우마 전문가들과 워크숍을 함께하며 스스로를 이해하기 시작했다. 지진을 겪은 후 갑자기 몸이 아프고 잠을 못 자거나 무언가 이상한 감정들에 괴로워하던 농부들이 그것이 '트라우마'라는 것을 알고 자신을 받아들이기 시작했다. 그리고 지진으로 떠난 이들의 죽음도 서서히 받아들이기 시작했다. 슬픔을 당장 지우기는 어려웠지만 차츰차츰 현실을 받아들이는 힘을 갖게 된 것이다.

여러 번에 걸쳐 농부들에게 훈련과 워크숍을 진행했다. 그리고 조금씩 다른 지원들도 이어나갔다. 계속 농사를 지을 수 있도록 여러 작물 씨앗도 지원하고, 아직 제대로 된 집이 없는 농부들에게 추운 겨울을 잘 지나도록 따뜻한 이불도 한 채씩 보급했다. 네팔 신두팔촉의 커피 농부들은 아름다운커피와 함께 조금씩 희망을 가지기 시작했다.

우리의 마음이 닿았던 걸까. 신두팔촉 커피협동조합의 농부들은 아무도 신두팔촉을 떠나지 않고 마을을 지켰다. 그리고 땅 속에 묻힌 것들 중 온전한 것들은 손으로 직접 파내면서 커피를 모았다. 계약한 10톤은 아니었지만 절반 정도가 그 해 한국에 도착했다. 시신을 견디고 살아남은 기적의 커피였다.

호텔 르완다 그리고 커피

2020년 어느 나른한 오후였다. 회사도 나도 한창 주력하고 있는 르완다 커피를 마시며 뉴스를 검색하고 있었다. 그런데 익숙한 제목이 눈에 들어왔다.

"호텔 르완다 실제 주인공, 테러 혐의로 체포돼"

"…… 1994년 아프리카 르완다 대학살을 다룬 영화 <호텔 르완다>의 실제 주인공인 폴 루세사바기나가 테러 혐의로 체포됐다고 DPA통신 등이 31일(현지 시간) 르완다 경찰을 인용해 보도했다. ……"

'아니, 이 사람을 왜? 테러혐의로 체포했다고??' 르완다는 아프리카 대륙 중부에서 약간 동부 쪽에 위치한 아주 작은 나라다. 작은 땅에 언덕이 많고 경치가 아름다워 '천 개의 언덕, 만 개의 미소'의 나라라고도 불린다. 국가 전체 면적이 우리나라 전라도 땅보다 조금 크고 경상도보다 조금 작은 정도이니 얼마나 작은 나라인가. 이 작은 나라 르완다는 내가 네팔 다음으로 많이 방문한 커피 생산지로, 나에게는 두 번째 고향 같은 곳이다.

2016년 처음 방문했을 때 그 아름다운 모습에 반하

고 맛있는 커피에 반해 새 프로젝트를 진행했다. 르완다 커피를 한국에 판매하고 농부들을 돕기 위한 프로젝트였다. 2018년에는 회사의 두 번째 해외 지부를 르완다에 직접 설립하고, 1년간 책임자로 파견되어 살던 곳이다. 한국으로 돌아와 르완다 커피를 잘 팔기 위해 한창 집중하던 시절, 때마침 뉴스에서 익숙한 내용의 기사를 접한 것이었다.

기사를 읽으면서 르완다에서 머물 때 종종 방문했던 밀 콜린스 호텔이 떠올랐다. 영화 〈호텔 르완다〉 실제 배경이 된 곳이다. 이 작품은 르완다를 전 세계에 알린 영화다. 국가 입장에서는 제1위 수출품인 커피나 르완다에서 서식하는 멸종위기 동물인 고릴라나 아프리카 제일의 IT 강국 이미지를 자랑하고 싶었을 것이다. 하지만 르완다는 내전으로도 불리는 '1994년 제노사이드', 즉 종족학살로 유명해졌다.

1994년 제노사이드의 시작은 유럽의 식민지 지배로 거슬러 올라간다. 전통적으로 르완다에는 후투(Hutu)족과 투치(Tutsi)족, 그리고 트와(Twa)족이 살고 있었는데, 트와족은 인구가 매우 적었고, 후투족이 전체의 80%, 투치족이 20% 정도 비율이었다. 그러나 투치족과 후투족은 외모도 비슷하고 같은 언어를 사용해 구분이 힘들었다. 게다가 도시에서는 서로 섞여 이웃으로 살기 일쑤였고 두 종족이 섞여 있는 가족도 상당히 많았다.

르완다 식민지배는 1884년 독일에서 시작했다. 그리고 1차 대전에서 독일이 패배한 후 첫 평화조약인 베르사유 조약(1919년)을 맺음으로 벨기에 속국이 되었다. 계속되는 식민 지배로 평화롭던 후투족과 투치족 두 종족 사이가 점점 분열되기 시작했다. 벨기에는 르완다 국민들의 신분증에 자기의 인종을 표시하도록 했고 소수인 투치족이 다수인 후투족을 억압하게 했다. 벨기에가 지배계층이던 투치족과 피지배 계층인 후투족의 관계를 식민지 통치 수단으로 활용하면서 갈등을 심화시켰다.

그런데 1962년 르완다가 독립하고 다수족인 후투족이 선거를 통해 권력을 잡으며 상황이 바뀌어 버렸다. 그동안의 차별과 억압에 대한 후투족의 복수가 시작된 것이다. 후투족 지도자들은 권력을 위해 투치족에 대한 반감을 정치적으로 이용했고 학살을 아주 유용한 수단으로 활용하였다. 르완다는 내전에 휩싸인 다른 아프리카 나라들에 비해 훨씬 안정적인 국가로 보였지만, 실제 내부에서는 점점 대학살의 서막이 오르고 있었다. 권력을 잡은 후투족의 독재가 시작되면서 근대화를 신봉하는 미국과 프랑스 등 서양 국가들이 겉으로 안정되어 보이는 르완다에 전폭적인 원조를 시작했다. 유럽의 전폭적인 지원에 힘입어 후투족의 독재 권력은 더욱 강력해졌다. 그러나 시한폭탄 같던 긴장 상황에 서서히 어둠의 그림자가 다가오기 시작했는데, 바로 주요 수출품인 커피 값의 폭락이었다.

1986년 르완다의 주요 수출품이던 커피와 차의 국제 가격이 전례 없이 폭락했다. 이때의 커피 값 폭락은 세계 많은 커피 생산국에 큰 고통을 남겼는데, 커피가 주요 수출품 1위였던 르완다의 경제도 이 폭풍에서 무사하지 못했다. 커피는 19세기 독일의 식민 지배 시절 르완다에 심어져 이후 중요한 소득원이었기 때문이다.

서양 열강들은 르완다에 커피 생산을 극대화하는 원조 프로그램을 지원하기도 했다. 원조에 의존하던 르완다 경제구조는 주요 수출품의 가격 폭락으로 대량 실업 등 경제적 위기에 직면하게 된다. 이에 더해 하필 기근과 가뭄까지 겹쳤다.

커피 값 폭락으로 시작된 경제적 고통은 르완다 내부의 갈등을 증폭시켰다. 그리고 1994년 4월, 대통령이던 후투족 '하비아라마나'가 전용기를 타고 탄자니아에서 귀국하던 중 비행기 폭발로 암살당하는 사건이 발생했다. 이 사건을 기폭제로 르완다는 걷잡을 수 없는 내전의 소용돌이에 휘말리게 되었다. 1994년 4월 7일부터 약 100일간 르완다 전국에서 약 100만 명에 가까운 투치족이 후투족에 의해 학살당한 것이다.

영화 〈호텔 르완다〉는 이 제노사이드의 이야기를 그리고 있다. 당시 르완다 수도 키갈리 중심에 있던 '밀 콜린스' 호텔에서 벌어졌던 실화를 다루었다. 벨기에 소유이던 호텔의 르완다 지배인인 '폴 루세사바기나'가 제노사이드 당시 투치족 천여 명을 호텔 내에 보호하고 외국으로 탈출시킨 이야기이다. 영화는 제노사이드의 참상을 국제사회에 전하는 데 큰 역할을 했다. 그리고 많은 사람들이 르완다를 끔찍한 제노사이드의 역사를 가진 나라로 기억하게 되었다. 지금도 르완다 수도 키갈리에는 많은 관광객들이 밀 콜린스 호텔을 찾아 머무르곤 한다.

그러나 내가 기억하는 르완다는 밀 콜린스 호텔이나 슬픈 제노사이드 기념관보다 제노사이드의 아픔을 감동적으로 극복하고 있는 르완다 사람들의 모습이다. 27년 전 100일간의 끔찍한 내전을 끝내고 르완다를 스스로 안정화시키고 경제성장을 이룬 르완다 사람들 말이다. 제노사이드 당시 국제 사회에서 아무도 제때 제대로 된 도움을 주지 못하고 지옥 같은 나라를 100일간이나 방치하고 있을 때, 내전을 수습하고 안정시킨 것은 UN도, 프랑스도, 벨기에도, 누구도 아닌 르완다 사람들 자신이었다.

서로를 향했던 칼끝과 무기를 내려놓고 나의 남편과 부모를, 가족을 죽인 사람들을 스스로 철저히 재판

하고 죗값을 치르게 하고, 또 용서하고 포용하며 지금까지 살아오고 있다. 물론 그 옛날의 긴장과 공포의 기억에서 완전히 자유로울 수는 없겠지만, 지금의 르완다는 아프리카에서 그 누구보다 눈부시게 발전한 나라 중 하나가 되었다. 작은 나라지만 아프리카 어느 나라보다 치안이 안정되고 깨끗한 거리를 가진 나라이자 IT산업을 주도하고 있는 나라다.

이 사람들은 아픔을 딛고 다시 커피를 키워냈다. 커피 농부의 57%가 남성이 아니라 여성이다. 내전으로 많은 남자들이 사라졌기 때문이다. 전쟁 이후 마을에 남겨진 여성들은 서로에 대한 미움과 전쟁의 기억을 잊고 하나가 되어 커피를 재배하고 있다. 르완다 커피를 구매하는 스타벅스 등 여러 대기업 회사들도 이들이 커피 재배하는 것을 돕기 시작했다. 르완다의 남겨진 여성들이 키운 커피는 '희망의 커피'로 세계 여러 국가에 소개되고 있다. 서로를 용서하고, 서로를 포용하고, 함께 힘을 모아 재배한 커피, 그것이 그들에게 이제 또 다른 희망이 되고 있는 것이다.

〈호텔 르완다〉에는 인상적인 장면이 하나 있다. 호텔에서 취재하던 미국인 기자 잭 대글리쉬가 당시 호텔에 피신해 있던 르완다 사람들에게 후투족과 투치족의 생김새에 대해 질문했다.

"투치족과 후투족은 어떻게 구분하는 거죠?"

잭이 묻자 옆에 있던 르완다 남성이 대답했다.

"투치족이 키가 더 크고 품위가 있다고들 하죠."

이에 잭은 옆에 있던 두 여성 중 한 명에게 다시 물었다.

"당신은 후투인가요? 아니면 투치?"

"전 투치족이에요."

그 옆에 함께 앉아 있는 친구로 보이는 여성에게 물었다.

"친구 분도요?"

그 여성이 대답했다.

"아니요, 전 후투족이에요."

잭은 혼란스러워하며 이야기했다.

"…… 대체 어디가 다르다는 거지?"

'천 개의 언덕, 만 개의 미소의 나라, 르완다.' 구분할 수도 없는 생김새와 특징으로 세뇌당해 서로를 차별하며 끔찍한 내전에 휘말려야 했던 아프리카 작은 나라 사람들의 이야기, 〈호텔 르완다〉. 꼭 한번 보았으면 좋겠다. 거기에 그들이 시련을 견뎌내고 키운 맛있는 르완다 커피 한 잔을 할 수 있다면 더 좋을 것이다.

직장인 아침은 카페인과 함께

20대 때 내가 가장 즐겨봤던 미국드라마를 뽑으라면 <그레이 아나토미(Grey's Anatomy)>를 빼놓을 수 없다. 외과 인턴의 병원 생활과 러브 스토리라니. 게다가 꽤 흥미로운 내용에 홀딱 빠져 영어공부를 핑계로 참 많이도 봤던 드라마였다.

다른 드라마도 마찬가지지만 이 드라마에서 유난히 내 눈에 마치 공식처럼 자주 보였던 것이 있는데, 의사들의 하루가 스타벅스 라떼로 시작된다는 것이었다. 드라마 첫 시즌 두 번째 에피소드부터 라떼가 등장하기 시작한다. 외과 인턴인 주인공이 하루를 시작하자마자 수술실이라도 한번 들어가고자 담당 레지던트에게 잘 보이기 위해 커피를 드리는 장면이 나온다.

"베일리 선생님, 오늘 제가 수술실에서 도와드리고 싶은데요, 아마 작은 처리 같은 거라도요. 전 준비되어 있어요. 그리고 이 모카 라떼 드시겠어요?"

무지막지한 성격으로 병원에서 '나치' 의사로 악명이 높은 레지던트 베일리는 쪼르르 함께 모인 담당 인턴들 모두에게 잔소리를 퍼붓고선 주인공이 가져온 라떼만

훅 가지고 가버린다. 이 장면 외의 다른 에피소드들에서도 아침을 시작할 때 미국의 대표 브랜드인 스타벅스 카페라떼가 꼭 등장한다. 이 드라마뿐만이 아니다. 영화나 드라마 속 직장인들이 바쁜 하루를 시작하며 카페라떼를 사는 모습이 클로즈업 되는 것은 이미 우리에게도 제법 익숙한 장면이다.

사람마다 취향이 달라서 카페라떼 대신 아메리카노로 하루를 시작하는 사람들도 많을 것이다. 더욱이 인구 75%가 유당불내증이라는 우리나라 사람들은 우유가 들어간 카페라떼보다 그냥 커피 혹은 믹스커피로 시작하는 경우도 많아 보인다. 카페라떼든 아메리카노든, 예전 학생 때는 직장인들이 카페에서 음료를 사들고 바쁘게 출근하는 모습이 멋있어 보였다. 언젠가 나도 직장인이 되면 저런 멋지고 프로페셔널한 모습으로 살아야지 하는 로망도 가졌다.

그러나 로망은 무슨, 현실은 다르다는 것을 겪어보며 알게 된다. 직장인이 출근하며 카페에서 커피를 주문하는 것은 희망찬 하루의 시작보다 수혈에 가깝다.

어서 내 몸에 카페인을 주입해서 하루에 해야 할 업무를 쳐내야 한다는 압박에 본능적으로 반응하는, 자동반사 중 하나다. 정신없이 오전을 보내고 점심을 먹고 나면 어떤가. 식곤증을 물리치고 소화를 위해 커피를 집어 든다. 모닝커피가 멋있게 보이는 것은 드라마나 영화에서이지 실제 직장인들에게는 익숙한 습관이고 하루를 견디기 위한 필수 아이템 중 하나일 때가 많다.

여기서 카페라떼가 유독 상징적으로 보이는 것은 '우유'가 포함된 커피이기 때문이다. 현대인의 만성 질병인 '위염'과 커피가 연관되어 있다는 생각이 우리 두뇌에 유전자처럼 박혀 있다. 그래서 우유가 위를 보호해서 자극이 덜해질 거라 생각한다. 또 아침에 빈속으로 출근하는 사람들도 꽤 많다 보니, 아메리카노보다 우유가 들어간 카페라떼가 그나마 든든할 것 같기도 하다. 이러저러한 느낌적인 이유로 나도 아침에 카페라떼를 주문해서 가지고 출근하곤 한다. 그런데 사실 우유는 위염에 그다지 도움이 되지 않는다. 오히려 우유가 위산을 더 분비해서 차라리 아메리카노가 덜하다는데, 알고는 있지만 라떼가 더 든든한 것 같은 기분은 어쩔 수 없다.

아이스 아메리카노로 시작하는 사람들도 만만치 않다. 얼음 마니아 한국인들인데 왜 없겠는가. 매일매일 속을 열로 채울 일이 많은 직장인이라면 얼음 역시 긴급처방을 위한 필수품일지도 모른다. 얼음과 카페인이라니, 회사에서 이중삼중으로 중무장하고 하루를 준비하는 마음이랄까. 특히 여름이 오면 거의 모든 모닝커피가 따뜻한 커피에서 아이스커피로 돌아선다. 겨우 정신을 차리고 한여름 출근길에 접어들면 커피 맛이고 풍미고 다 잊어버리고 그저 열을 식히고 정신을 깨울 음료가 더 간절한 건 어쩔 수 없다.

그러나 커피 마니아들 중에는 다른 모습도 있다. 아침에 출근해서 원두커피를 직접 핸드드립으로 내려 마시는 것을 일종의 성스러운 의식으로 생각하는 이들도 있다. 나도 이 부류에 속하는데, 엄청 무더울 때를 제외하곤 꼭 핸드드립을 고집한다. 이 의식을 놓치지 않으려면 아침의 여유시간이 필수여서 지각하지 않는 것이 중요하다. 커피 회사에 일하다 보니 회사에 갖추어진 도구를 활용해서 커피를 내리며 하루를 시작하는 것이 매우 자연스러운 일상이 되곤 했다.

어떤 방식으로 추출하건, 어떤 카페 브랜드이건, 어떤 종류의 커피 음료든 커피는 직장인들에게 꼭 필요한 셈이다. 중요한 것은 하루를 시작할 때 나를 '각성'시켜 줄 수 있는 도우미로서의 커피다. 일종의 보조제라고나 할까.

"카페인을 수혈한다."

이 말이 직장인들에게 너무나 자연스러운 건 단지 커피가 주는 명쾌한 각성과 집중력 때문만은 아닐 것이다. 이미 커피를 마시는 일은 직장인들에게 하나의 성스러운 의식과도 같은 일이 되어버렸으니 말이다. 오늘도 카페인을 수혈하며 하루하루를 버티는 수많은 직장인들에게 마음의 커피 기프티콘을 전한다.

한 집 건너 카페

바야흐로 한 집 건너 카페가 들어선 카페 공화국 시대가 되었다. 거짓말 보태지 않고 서울 도심 주요 골목에는 건물 블록 블록마다 카페가 보이는데, 마주보거나 바로 옆에 위치한 경우도 꽤 많다. 몇 년 전만 해도 너무 가까운 거리에 있는 카페들을 보면 서로 장사가 잘될까 경쟁이 심하진 않을까 걱정되었는데, 요즘은 하도 그런 곳이 많아 그러려니 한다. 밀집도가 높은 광화문이나 강남은 카페들이 대 놓고 다닥다닥 붙어 밀집상권을 이루는 곳도 많다. 경쟁보다 모여 있어 매출상승효과가 더 큰 곳일 것이다.

어느덧 우리나라 커피 시장도 놀랄 만큼 성장했다. 특히 서울에서 카페의 성장이 두드러진다. 국내에 본격적으로 프랜차이즈 커피전문점이 자리 잡기 시작한 2000년대 초반을 시작으로 지금까지 약 20년간 무려 24배 이상 성장했다.

2018년에는 성인 1인당 커피 소비량이 353잔으로 세계 평균인 132잔의 약 3배 수준이고, 국가별 카페 시장 규모는 미국, 중국에 이어 세계 3위의 글로벌 커피 소비

대국으로 급부상하였다. 2019년 원두소비량도 약 15만 톤 규모로 세계 6위 소비국에 올랐다. 커피공화국이라는 타이틀이 무색하지 않은 수치다. 자연지리 조건상 국내에서 커피 재배가 불가능해 전량 수입하는 것을 생각하면 대단한 수치가 아닐 수 없다.

커피 시장이 커진 만큼 경쟁이 치열하다. 문을 여는 카페도 많고 소리 소문 없이 사라지는 카페도 많다. 특히 서울의 경우는 그 정도가 더 심각하다. 서울에 전국 카페의 22%가 몰려 있다. 2017년도 기준으로, 2002년부터 15년간 문을 열었던 서울의 카페 수는 약 2만 6천여 개였는데, 이 중 유지되고 있는 카페는 57.7%, 나머지 40% 이상의 카페가 사라진 것으로 나타났다. 2020년 기준으로 서울에는 인구 524명당 카페가 하나씩 있는 셈이라고 한다.

같은 수도권으로 묶이는 경기도도 만만치 않다. 경기도에는 전국 카페의 20% 정도가 몰려있다. 이 말은 서울 경기 지역만 카페수가 각 1만 곳 이상으로 전국 카페의 40% 이상이 몰려있다는 뜻이다. 그런데 이런 서울 지역 카페 통계에서 재미있는 점이 있다. 바로 스타벅스, 이디야, 엔젤리너스 등 10대 커피 프랜차이즈보다 개인 카페 수가 압도적으로 많다는 사실이다. 지난 15년간 서울 커피시장에서 성장률은 프랜차이즈가 약 40배, 자영업 카페가 약 20배로 큰 차이가 있지만, 절대적인 매장 개수는 자영업 카페가 5배나 많다.

그렇다면 프랜차이즈 매장보다 개인 자영업 카페가 절대적으로 많은 이유는 무엇일까. 아무래도 가장 큰 이유는 창업비용에서 찾을 수 있다. 프랜차이즈 매장은 브랜드 인지도 면에서 개인카페보다 유리해 오픈 후 상대적으로 안정적인 수입을 예상할 수 있고 성장세가 빠른 편이다. 하지만 프랜차이즈 가맹비용과 인테리어, 규모나 입지를 반영한 매장 임대료 등이 절대 만만치 않다.

반면 개인 카페는 공간 규모나 입지 선택이 자유롭고 주인의 취향을 카페에 반영할 수 있는데다 초기 자본금도 상대적으로 적어 진입이 수월한 것이 장점이다. 그러나 수명이 짧은 것이 단점이다. 실제 통계상으로

영업기간이 1~4년으로, 4~6년인 프랜차이즈 매장보다 짧다. 그만큼 프랜차이즈보다 더 많이 생기고, 더 빨리 소멸하는 것이 자영업 카페의 특징이라 할 수 있다. 특히 최근 코로나 상황과 연이은 불경기까지 겹쳐 자영업 전체에 큰 타격이 있었던 만큼 커피 시장도 예외는 아니다. 그 중에서도 개인 카페들의 위기는 더 심각할 것으로 예상된다.

얼마 전 지인에게서 스타벅스 카드를 선물 받았다. 한때 스타벅스 VIP 멤버십 회원으로 매년 스타벅스 다이어리를 받기 위해 프리퀀시 이벤트도 열심히 참여하곤 했다. 그러다 커피를 다양하게 접하면서 일부러 가야 할 이유가 없으면 굳이 프랜차이즈 매장은 찾지 않는다. 핸드드립 커피를 즐기기도 하고 커피회사에서 일하니 더 자연스레 남의 매장을 찾을 일이 줄어든 이유도 있다. 그런데 오랜만에 스타벅스 금액권 카드를 선물로 받으니 기존의 멤버십 카드에 충전하는 것도 버겁게 느껴졌다. 멤버십 휴면계정을 해제하고 이런저런 업데이트를 하느라 번거로운 지경까지 된 것을 보면서 한참동안 스타벅스에 가지 않은 걸 깨달았다. 우리나라 1위 커피 브랜드로 다양한 프리퀀시 이벤트가 매년 화제가 되고 센세이셔널한 계절 메뉴도 많은 대표 프랜차이즈지만, 내가 카페를 찾는 이유가 이제는 음료보다 '커피'라는 기본에 집중되니 자연스럽게 발길이 줄었다.

이제 나는 '커피'를 전문적으로 하는 개인 카페를 찾는다. 전에는 프랜차이즈가 주는 화려한 브랜드 아이템과 편리함에서 매력을 느꼈다면, 지금은 '커피'가 나에게 주는 맛과 내가 좋아하는 스타일을 찾는 데 더 매력을 느낀다. 인스타그램 등 SNS에서 이슈가 되는 카페를 검색하고 찾아가 보는 것이 어느새 카페를 즐기는 더 기분 좋은 시간이 되었다.

바야흐로 커피 공화국이 되어버린 우리나라. 커피 시장이 급속도로 성장한 만큼 경쟁도 심해져 프랜차이즈도 개인카페도 모두 어려워졌다(더욱이 최근의 코로나로 인한 업체들의 어려움은 말해 무엇 하랴). 그러나 시장이 성장하는 만큼 소비자의 선택 능력도 분명히 함께 성장하고 있다. 우리나라 커피 산업의 기둥과 같은 프랜차이즈의 힘과 안정감도 소중하다.

다만 개인적으로는 다양하고 매력 있는 자영업 카페들도 행복할 수 있는 커피공화국이 되었으면 하는 바람이다. 한 집 건너 프랜차이즈 커피점인 우리 동네보다 한 집 건너 또 새로운 카페에 가 보고 싶은 우리나라가 되는 것도 좋지 않을까. 내가 좋아하는 개인 카페 사장님들 모두 그렇게 힘내셨으면 좋겠다. 커피 공화국 파이팅!

고종황제가 마신 커피 한 잔

핸드드립 커피를 즐기면서 자연스레 핸드드립 전문 카페를 많이 찾아다닌다. 요즘은 개인 카페도 일반적인 단순한 카페보다 콘셉트와 전문성을 갖춘 특색 있는 곳들이 많다. 최근에 방문했던 동교동 로스터리 카페 한 곳이 딱 그랬다.

카페 율곡(栗谷). 입구부터 작은 철판 입간판이 서 있었다. 간판에는 이름도 없고 그저 율곡 이이 선생의 뒷모습이 그려져 있다. 오픈한 지 얼마 되지 않았는데 벌써 핸드드립 전문점으로 알음알음으로 알려진 곳이다. 카페가 추구하는 콘셉트는 이름처럼 한국적인 느낌이 물씬 풍긴다. 내부 인테리어도 에스프레소 머신 하나 없이 핸드드립 바(Bar)로만 이루어져 있고 요즘 트렌드에 맞게 테이블과 좌석 몇 군데가 갖춰져 있을 뿐 무척 정갈한 분위기였다.

커피 메뉴들도 그랬다. '커피 한 상', '율곡', '명창정궤', '오죽헌' 등 우리나라 전통적인 이름을 가져온 메뉴들만 있었다. 벽에는 율곡 이이 선생의 어미니인 신사임당의 그림 '초충도'가 걸려 있어 분위기를 더했다. 신기했다.

왜 이름을 그리 지었는지 물어보지 않아도 카페 분위기와 메뉴만 봐도 알 듯했다. 가장 한국적이지 않은 음료인 '커피'로 한국적인 브랜드를 추구하려는 것 아닐까 하는 생각이 들었다.

그러면 '커피'가 한국에 언제 어떻게 들어온 것일까. 커피가 우리나라에 처음 소개된 것은 19세기 말로 알려져 있다. 당시 개화사상가인 유길준 선생이 미국과 유럽 등 서양 나라들을 여행하고 쓴 《서유견문》에서 "우리가 숭늉을 마시듯 서양 사람들도 커피와 주스를 마신다"라고 했다. 그 외에 서양문화를 동경하던 당대의 모더니스트들도 커피를 즐겨 마셨다.

우리나라 1대 황제인 대한제국 고종 황제도 마찬가지다. 1896년 '아관파천'으로 러시아 공관에 피신했을 때 독일인이자 러시아 공관 통역사였던 손탁(Sontag) 부인이 타서 준 커피를 처음 맛보고 즐겨 마시기 시작했다고 전해진다. 이처럼 일제 강점기부터 서양 문물을 접하면서 자연스레 고위층부터 커피를 마시기 시작했던 것 같다. 지금도 홍대 근처에 손탁 부인의 이름을 딴 '손탁커피'라는 카페가 있는데, 고종황제에게 처음 커피를 전한 부인의 기여를 기억하기에 좋은 곳이다.

광복 이후 미국의 영향으로 커피는 빠르게 확산되었다. 6.25 전쟁에 참여했던 군인들이 커피를 각성제로, 때로는 비상식량처럼 마실 만큼 익숙해졌고, 이후 일반 대중들에게 전해진 것으로 알려져 있다. 이때 사람들은 과하다 싶을 정도로 설탕을 많이 타서 마셨다. 전쟁 중 군인들은 당시 귀한 설탕으로 단맛이 가득했던 커피 한 모금으로 탈진 상태에서도 정신을 번쩍 차릴 수 있었다고 한다.

각 문화, 각 나라에 커피가 들어온 이야기를 살펴보면 커피의 특징과 연관된 일화들이 많다. 이슬람에서는 수도사들이 기도생활에 더 정진하기 위해 마셨고, 유럽에서는 지식인들이 커피하우스에서 계몽주의를 발달시키며 커피를 들이켰다. 철학자들이 앞장서 커피를 마셨고 사상가들은 이에 흠뻑 빠져 있었다. 예술가들도 커피를 찬양했다. 커피를 무척 즐겨 마시던 음악가 바흐는 〈커피 칸타타〉를 작곡했을 정도다. 프랑스 계몽주의 사상가 장 자크 루소는 "집 근처에서 누군가 커피를 볶고 있으면 창문을 활짝 열어둔다. 사치스러운 것 중에 내가 가장 좋아하는 것을 말한다면 아이스크림과 커피 정도"라고도 했다. 우리나라에서도 서양문물을 접한 지식인들이 커피를 먼저 맛보기 시작했다. 커피의 각성효과는 세계의 많은 지식인과 예술인들을 사로잡았다.

지금의 우리에게도 그렇다. 커피는 오늘 하루 일상에서 일과 공부 또는 집중이 필요할 때 꼭 찾게 되는 음료다. 바쁜 하루 중에 잠시 숨을 고르고 잠시 나에게 집중할 수 있는 휴식의 음료이자 누군가와 만나 취하지 않고 오롯이 이야기를 나누게 하는 사교의 음료다. 술처럼 취하게 하기보다 깨어있게 하고, 무엇을 잊기보다는 또렷이 기억하게 한다. 집중하게 하는 데 탁월한 음료인 것이다. 커피가 인류의 동반자 같은 음료가 된 것은 이런 각성 효과를 끊임없이 찾는 인간의 욕망 때문일 것이다.

아프리카에서 태어나 지구 반 바퀴를 돌아 우리에게까지 전해진 커피의 발자취를 들여다보면 《80일 간의 세계일주》를 읽는 것 같다. 커피는 그냥 전해지지 않고 곳곳에 다양한 이야기들을 남기며 움직였다. 프랑스의 황제 나폴레옹은 "진한 커피, 매우 진한 커피는 나를 깨어나게 한다. 커피는 내게 온기와 각성, 특별한 힘과 함께 커다란 기쁨이 있는 고통을 안겨준다."는 말을 남기기도 했다.

커피는 많은 인생들의 희노애락에 함께하며 끊임없는 생명력을 유지해 왔다. 전쟁과 같은 재난에도 살아남아 전쟁터의 군인들에게 위로가 되었고, 손탁 여사 같은 인물들을 통해 우리나라 역사에도 기록을 남겼다. 그렇게 돌고 돌아 내 인생에도 커피 한 잔의 이야기를 남기고 있다.

커피, 이렇게 생각해 보면 참 신기한 음료임에 틀림없다. 영국의 사상가인 버트런드 러셀이 남긴 한 마디가 많은 인생과 함께 해왔던 커피의 모든 것을 말해주는 것 같다.

"인생은 단지 커피 한 잔, 또 한 잔이다. 이외에 다른 것은 찾지 말라."

착한 가격에 드립니다

"착한 가격, 천 원에 드립니다!"

몇 년 전부터 '착한 가격' 붐이다. 커피 한 잔 가격이 천 원 혹은 그에 10원을 뺀 990원까지, 싼 커피가 주목받기 시작했다. 커피 한 잔에 천 원짜리 한 장이라니, 요즘 같은 물가에 지갑 사정을 고려한다면 그야말로 참 '착한' 가격 아닌가!

커피의 착한 가격 이야기가 언제부터 시작되었는지 생각해 보면 오래 전 사치와 허영심의 대명사가 된 한 단어가 불현듯 떠오른다. 10여 년 전 한 주간지에서 스타벅스를 매일 이용하는 여성들을 대상으로 "왜 스타벅스를 찾는가?"라는 질문으로 인터뷰한 기사가 있다. 그 때 "미국 문화를 즐기러 온다."고 답한 여성의 이야기가 소개되었다. 그 후 인터넷에서는 "점심은 분식집에서 3~4천 원짜리 된장찌개를 먹으면서 커피는 5천 원짜리를 마셔야 되냐"는 식으로 이들의 허영심을 조롱하는 이슈가 떠올랐다. 이 때 퍼지기 시작한 단어가 바로 '된장녀'다.

한 때 값비싼 프랜차이즈 커피는 사치를 부리는 '된

장녀' 같은 사람들의 상징적인 음료였다. 지금이야 3~4천원 커피 한 잔 값으로 된장찌개를 먹기 어려운 시대지만 외국에서 들어온 커피 전문점들의 커피는 비싸고 과한 이미지였다. 그런 이미지의 커피를 물가도 더 오른 마당에 절반 이하 가격으로 팔겠다고 하니 당연히 '착한 가격' 마케팅은 등장과 함께 꽤 성공적이었다. 심지어 사먹지 않아도 사람들은 이 '착한커피'의 의미를 이해했다. 어디 커피뿐이랴. 다양한 소비재들이 '착한 가격'이라는 말이 붙이면 평소 생각하던 것보다 더 싼 가격을 기대하게 했다. 이미 착한 가격은 '내 지갑 사정을 고려한 착한 가격'이라는 의미로 아주 효과적으로 각인된 것이다.

그런데 단도직입적으로 나는 이 '착한 가격' 천 원짜리 커피 한 잔이 늘 불편했다. 커피 회사에서 일하면서부터 더 그랬다. 사실 천 원이라는 강조된 가격을 볼 때마다 머릿속에 풀리지 않는 궁금증이 불만처럼 늘 따라다녔다.

'도대체 커피 한 잔 가격이 어떻게 천 원이 된다는 거지?' 커피 가격은 늘 이슈의 대상이다. 된장녀 논란부터 착한 가격까지, 그리고 요즘 회자되는 윤리적 소비와 함께 원두의 원가에 대한 이야기가 잊을 만하면 이슈로 떠오르곤 한다. 보통 이런 식이다.

"커피 한 잔이 3~4천 원인데 실제 커피는 커피 원두와 물로 이루어져 있다. 커피 한 잔에 들어가는 원두 양을 생각하면 원가는 300~400원도 되지 않는다. 나머지는 모두 물 값이고, 이는 점주 혹은 매장의 폭리 수단이다!"

그러므로 커피는 비싼 음료가 되고 착한 가격의 커피를 찾는 것은 소비자의 합리적이고 당연한 권리가 된다는 논리다. 하지만 조금만 더 생각하면 다양한 문제들이 서려 있는 것을 알 수 있다. 우선 원두 값을 얘기하려면 커피 열매와 생두 값을 살펴야 한다. 왜 커피 한 잔에 들어가는 원두가 300~400원밖에 되지 않는 것일까? 원두 값이 싼 이유는 1차적으로 커피를 생산지에서 싸게 수입해 오기 때문이다. 그런데 어떤 음식이든 재료값이 싸면 품질이 낮아질 수밖에 없다. 생산지에서도 무조건 싼 커피를 찾는 수입국이 많아질수록 커피를 재배하기 위한 투입재 비용과 관리비를 줄일 수밖에 없다. '싼 게 비지떡'은 우리나라에만 맞는 말이 아니다.

산지에서 비용을 줄여 싸게 들여온다 해도 수입한 커피를 로스팅하고 가공하는 비용이 또 발생한다. 이는 온전히 소비국인 우리나라에서 쓰이는 비용이다. 당연히 생산지보다 인건비도 비싸고 설비도 비쌀 수밖에 없다. 이렇게 볶아서 제조된 원두는 각 카페 매장으로 배송된다. 그리고 다음 단계 매장에서 또 다른 비용이 발생한다. 쉬운 것만 따져 보아도 원두를 커피머신에서 추출하는 인건비가 존재한다(요즘 최저 시급에 대한 논쟁도 많은데, 우리나라 인건비도 이제 선진국 반열로 진입하고 있다). 카페 설비들은 어떠한가. 가장 비중을 많이 차지하는 임대료는 어떤가. 이렇게 간단하게만 따져도 300~400원의 원가에 상당한 나머지 비용이 합쳐서 3~4천 원 커피값을 이룬다. 과연 이게 과하고 비싼 걸까? 사실 여기에는 각종 운송비나 간접비, 종이컵 같은 부자재비, 여러 과정에서 발생하는 기타 수수료 등은 전혀 고려하지도 않았다.

같은 품질이라면 저렴한 가격을 찾는 것이 당연하다. 상품이 지닌 가치 이상의 비용을 주고 누가 구매하고 싶을까. 그런데 내가 가진 의문이나 불편함은 다른 것이다. 이 '착한 가격'은 온전히 커피를 '구매하는 사람'에게만 해당된다는 것이다. 커피를 생산하는 생산자, 로스팅하고 가공하는 제조업자, 비싼 임대료부터 관리비와 인건비, 시설비 등을 감당해야 하는 카페 매장 그리고 그 커피를 추출해서 제공하는 바리스타까지 커피 한 잔에는 여러 사람들의 역할이 담겨 있다.

천 원이라는 가격에 과연 이 사람들은 함께하는 것일까? 내가 가격이 '착하다'고 만족할 때 그 가격 이면에 누군가의 희생과 고통이 담겨 있다는 것을 안다면, 그래도 나는 가격이 착하다고 만족할 수 있을까? 대부분의 사람들이 그렇지 않을 것이라 생각한다. '착한 가격'이라는 상술로 소비자의 구미를 당기는 것만 같은 단어 이면에, 사람들의 모습을 감추는 것 같아 늘 불편하다.

2018년 르완다에 있을 때였다. 커피 생산자들과 일

하면서 운 좋게도 그들이 커피를 여러 나라에 수출하는 과정을 볼 수 있었다. 한국에서는 우리 회사가 이들의 커피를 수입하다 보니 수출과 수입 과정도 같이 살펴볼 수 있었고, 다른 나라에서 르완다 커피를 사는 사람들을 만날 기회도 많았다. 주로 미국이나 유럽 사람들이 많았는데, 아시아에서는 한국보다 일본 사람들이 많았다. 르완다 커피와 사랑에 빠져 있었기에 한국에도 많이 팔리면 좋겠다고 생각해 르완다 커피의 장점을 어필하곤 했다. 그러던 중 커피를 취급하시는 사장님에게 진심으로 궁금해서 여쭤보았다.

"그런데 사장님, 왜 우리나라에는 르완다 커피가 많이 없는 걸까요?"

"가격 문제가 큰 것 같아요. 아무래도 품질이 마음에 들어도 더 저렴한 커피에 눈이 갈 수 밖에 없죠. 요즘같이 경쟁이 심할 때는 더 힘들어요. 손님들도 입맛은 좋아지는데, 맛있으면서도 저렴한 커피를 많이 찾아요. 저희도 가격 때문에 스트레스를 받을 수밖에 없어요."

커피 한 잔에 복잡한 가격 계산법이 적용되는 것도

알고 카페들의 고충도 이해되다 보니 질문을 계속할 수 없었다. 손님은 손님대로, 카페는 카페대로, 그리고 생산자는 생산자대로 사정이 있을 것이다. 르완다뿐이겠는가. 전 세계 수많은 커피 농부들도 자기 커피가 가장 맛있고 가장 좋다고 생각할 터였다.

나는 지금도 '착한' 가격의 커피가 불편하다. 이 '착한 가격'의 커피를 살 수밖에 없고 팔 수밖에 없는 사람들도 있을 것이다. 그럼에도 커피 한 잔에 많은 이들의 삶이 있다는 것을 잊지 말았으면 한다. 한 명에게만 '착한' 것은 정말 착한 것만은 아닌 것 같다.

커피의 도시, 시애틀에서

"우리는 자신있게 제공합니다(We proudly serve)."

시애틀로 향하는 비행기에서 스타벅스 종이컵에 적힌 슬로건이 그날따라 눈에 띄었다. '자신있게'라니. '스타벅스의 도시'로 가는 비행기에서 '스타벅스 커피'를 만난 것도 신기한데 자신감 있는 슬로건에 피식 웃음이 나왔다.

2018년 봄 미국 시애틀로 출장을 갔다. 그동안 주로 커피 생산지 국가로 출장을 다녔던 터라 험하고 힘든 길이 많았는데, 이번에는 살짝 긴장되었다. 오랜만에 좋은 국제선을 탄 데다 기내식이며 여러 서비스도 이전보다 고급스러워 어색하기도 했다.

출장이 많은 편이었는데 비행기에서는 의식적으로 커피를 잘 마시지 않았다. 주로 장거리 비행이 많아 커피를 마시면 자다가 화장실도 자주 가야 하는데다 비행기에서 제공되는 커피가 썩 입에 맞지 않아서였다. 그런데 그날은 오랜만에 스타벅스 로고를 보고 궁금증이 생겨 한입 들이켰다. 커피의 도시로 가는 출장이라 약간 흥분한 탓일까. 커피가 유난히 맛있게 느껴졌다. 그렇게 나는 그 해 시애틀로 향했다.

당시 파견근무로 르완다에서 지낼 때여서 르완다 사람들과 커피 바이어를 만나고 다양한 홍보 활동을 하기 위해 미국으로 향하던 길이었다. 한국에서 매년 카페쇼(Cafe Show)라는 커피 박람회가 열리는 것처럼 미국에도 매년 커피 엑스포(Coffee Expo)가 열린다. 미국은 세계에서 커피를 가장 많이 소비하는 나라다보니 박람회 규모도 남달랐다. 미국 내 커피업계 종사자 외에 전 세계 커피 생산국 사람들과 비즈니스 관계자들이 모이는 자리였다. 르완다에서도 커피 수출 마케팅 관계자들이 자국 커피 홍보를 위해 미국으로 향했다. 나도 우리 생산지 사람들과 프로젝트도 홍보하고 관계자들과의 네트워킹을 모색하기 위해 같이 참여했다.

한국 카페 쇼도 규모가 커서 아시아 대륙에서 최대 규모를 자랑한다. 매년 참여해왔기 때문에 미국 박람회에 주눅 들지 않았지만 다양한 콘텐츠와 기획에 눈이 휘휘 돌아갔다. 이름만 봐도 알만한 유명한 커피 회사들도 많았고, 전 세계 커피 생산국가에서 나라별로 부스를 제작해서 커피 홍보에 열심이었다. 에티오피아, 콜롬비아 등 내로라하는 생산국에서 전통 의상을 입고 시선을 끌기도 했다.

다양한 글로벌 커피 회사들이 세미나와 이벤트도 개최했는데, 커피 산업의 전망이나 학술 강의, 발표회가 별도 스케줄로 개최되었다. 전 세계 사람들이 각자 관심 있는 강의 스케줄에 참여해서 발표를 듣고 토론하는 자리였다. 커피 산업의 현재와 미래, 혹은 자기 회사의 사례 등을 다양하게 접하는 기회는 개인적으로도 도움이 되었다.

내가 커피 일을 시작하면서 고민했던 세계 커피 농업과 생산자들의 빈곤 문제, 이를 극복하려는 다양한 비즈니스 시도와 고민들을 현장 사람들에게 직접 들으며 공감도 하고 질문도 했다. 한편으로 아쉬움도 생겨났다. 우리 한국 회사도 네팔에서, 르완다에서, 그리고 다양한 프로젝트로 생산지에서 여러 가지 활동을 하고 있는데, 여기서 발표되는 사례들과 질적으로 큰 차이도 없는 것 같은데 왜 미국에서 이 사람들이 이야기하면 새로운 시도이고 혁신이 되는 걸까, 하는 생각이었다. 언어와 주도권 문제는 아닌지 마음 한구석에 답답함과 안타까움이 느껴지는 순간이었다.

박람회는 사람들로 바글바글했다. 대충 봐도 업계에서 꽤 알려진 브랜드나 사람들이 눈에 띄었다. 그렇게 커피 산업은 돌아가고 있었다. 내가 늘 들여다보는 커피 생산지와 우리 회사가 고군분투하는 한국 시장을 넘어 말이다. 나는 그날 미국 시애틀에서 커피의 또 다른 저력과 세계를 경험한 것 같았다.

박람회는 4일간 지속되었다. 박람회 기간 틈틈이 르완다 동료와 시애틀 곳곳의 커피 회사를 방문했다. 특히 시애틀까지 왔으니 꼭 가보고 싶은 곳이 있었다. 스타벅스의 고향 시애틀이 아닌가. 시애틀에는 마이크로소프트, 아마존 등 대표 기업들이 꽤 있지만 스타벅스 1호점이 이곳에서 시작하고 하워드 슐츠가 합류해서 글로벌 커피 기업으로 성장한 이후, 스타벅스는 시애틀의 상징이 되었다. 그래서 시애틀은 '커피의 도시'였다. 박람회 일과 중에 짬이 생기자 구글로 스타벅스 위치를 검색했다. 박람회장에서 멀지 않은 곳에 있었다.

하루 종일 구두를 신고 다녀 발이 아팠지만 곧바로 파이크 플레이스 마켓(Pike Place Market) 골목으로 향했다(스타벅스는 1971년 시애틀의 웨스턴 애비뉴에 처음 문을 열고 1977년 이곳으로 옮겨 자리를 잡았는데, 공식 1호점은 이곳이다. 공식홈페이지에도 이곳을 '1st and Pike Store'라고 소개하고 있다니 그렇다고 하자). 부근에 도착해서 구석구석 한참 두리번거린 끝에 골목에 아주 작게 위치한 스타벅스 1호점을 찾았다.

'찾았다!' 카페가 거기에 있다는 것만 알고 가서 그랬을까, 첫인상은 좀 의외였다. 스타벅스 로고가 어디서나 눈에 띄게 해 놓고 '여기가 바로 그 유명한 스타벅스 1호점입니다' 하듯 보이게 해 놓았을 것 같았는데 아니었다. 로고도 초록색 사이렌이 아니라 커피처럼 짙은 갈색에 작은 사이즈로 붙어 있어 처음에는 알아보지도 못했다. 그냥 사람들이 줄을 길게 서 있어서 여기인가 하고 알아본 것뿐이다. 알고 보니 1호점이 사용하는 갈색 로고는 유일하게 여기 스타벅스 1호점만 쓰고 있다고 한다.

제법 기다려 매장 안으로 들어가서 음료를 주문했다. 매장이 작아서 테이크아웃만 할 수 있었는데, 대신 스타벅스 1호점을 기념하는 여러 굿즈들을 판매하고 있었다. 주문한 카페라떼를 받고 1호점에만 판매한다는 텀블러를 구매했다. 라떼 맛은 한국에서 마시는 것과 별반 차이도 없었다. 사람도 많고 앉을 곳도 없어 서둘러 빠져나왔다. 맛도 별 차이 없는 카페라떼를 보며 생각했다.

'그래, 그냥 내가 아는 이 맛, 이게 스타벅스인 거지. 뭐가 얼마나 특별하겠어.' 그래도 그날의 경험은 지금도 특별하게 남아 있다. 재래시장 골목에서 시작한 작은 카페, 그리고 그 맛을 지금 한국의 스타벅스에서도 똑같이 마실 수 있다는 게 어쩌면 대단한 일일지 모른다.

미팅 등 남은 일정을 끝내고 시애틀 출장을 마무리 지었다. 개인적인 관광은 잠시 짬을 내서 스타벅스를 방문한 것, 그리고 시애틀의 유명하다는 블루크랩과 클

램 차우더 조개 수프를 먹어본 게 다였다. 언제 다시 여기에 올 수 있을지 기약도 없는데 빨리 돌아가야 하는 일정이 못내 아쉬웠다.

그때 시애틀에서 그리고 엑스포에서 커피에 대해 보았던 것은 이후 많은 인사이트를 남겨 주었다. 자신들의 커피를 홍보하는 세계 각국 커피 생산자들의 열정, 커피 산업의 미래와 지속가능성을 고민하는 전 세계 다양한 이해 관계자들의 목소리 등 한국에서는 보지 못했던 다양한 장면들이 돌아오는 비행기에서 머릿속에 주마등처럼 스쳤다. 내가 받은 영감과 생각들을 하나하나 노트에 기록하며 다시 르완다로 돌아왔다.

월드바리스타 한국 챔피언

시애틀 출장에 이어 2018년 유럽에서 개최되는 커피 박람회에도 참여했다. 미국 다음으로 큰 규모를 자랑하는 유럽판 커피 박람회였는데, 이번에는 한국에 잠시 들렀다가 회사 동료들과 동행해서 박람회가 개최되는 네덜란드 암스테르담으로 향했다. 미국 출장에서 봤던 미국 커피 시장과 세계 커피 시장의 동향과 이슈를 정리해서 한국 본사에 공유한 후 관련 업무를 담당하는 직원들도 협업하기 위해 결정한 동반 출장이었다. 박람회 규모는 미국보다 약간 작았지만 구성이나 기획, 이슈 등은 부족함이 없었다. 그런데 이번 박람회는 특별히 눈에 띄는 이벤트가 있었다.

"이번에 전주연 바리스타가 세계 바리스타 챔피언대회 출전한 거 알아요? 이번에 암스테르담에서 한대요!"

"그래요? 오, 그럼 우리 이번 출장에서 볼 수 있는 거겠네?"

동료들이 함께 들뜨기 시작했다. 커피 박람회에서는 바리스타 대회, 라떼아트 배틀, 핸드드립 대회 등의 경연 대회 이벤트를 해서 주목받곤 한다. 몇 년 전에 네팔

지사 카페에 근무하는 바리스타가 한국에 와서 월드 라떼아트 배틀 이벤트에 참여해서 우리가 신나게 응원했던 기억이 있었다. 그런데 월드 바리스타 챔피언 대회라니!

한국 대회도 아니고 세계 대회를 직접 볼 수 있는 기회이고 앞으로도 보기 힘든 기회이니 당연히 들뜰 수밖에 없었다. 그것도 챔피언 대회에 한국의 여성 바리스타가 한국 대표로 참여한다니 더 응원해야 하지 않을까! 우리는 경연대회 장소로 향했다.

대회는 4일 동안 진행되었는데, 56개국에서 각국의 대표 선수가 출마한 대회라 긴장감이 감돌았다. 선수들이 하나둘씩 준비한 이야기와 함께 커피를 추출했다. 시연은 15분 동안 에스프레소 4잔, 우유 음료 4잔, 시그니처 메뉴 4잔을 기준에 맞춰 준비하는 것이었다. 드디어 우리나라 전주연 선수가 시연을 시작했다.

여기서 우리나라 대표 선수를 직접 보다니! 숨죽여 시연하는 선수가 실수는 하지 않을까 조마조마 집중하며 먼발치에서 그 모습을 지켜보았다. 전주연 바리스타는 첫 날 시연을 무사히 마쳤고, 이어서 다른 선수들의 시연도 계속되었다. 우리는 우리나라 선수의 좋은 결과를 기도하며 자리를 빠져나왔다.

국가 대표 바리스타라니. 사실 국가 대표 바리스타들이 알려진 것은 얼마 되지 않았다. '바리스타'라고 하면 카페 매장에서 커피를 추출하는 사람 정도로만 알지, 우리나라 대표 바리스타들이 있고 세계 대회에 나가서 휩쓰는 걸 얼마나 알겠는가. 그래도 서양인 위주로 커피문화가 발달해온 걸 생각하면 우리나라 바리스타들이 세계 대회에 나가서 우승하는 건 커피가 우리나라에도 깊숙이 자리 잡았다는 반증일 것이다.

예전에 〈커피프린스 1호점〉이라는 드라마가 인기를 끈 후 바리스타는 멋진 남자들의 직업으로 인식되었다. 그러나 이제 당당하게 여성 바리스타들이 세계를 주름잡는 시대에 왔다. 2018년 우리나라 대표 선수인 전주연 바리스타가 여성이고, 2018년 월드바리스타 챔피언대회 우승자인 폴란드의 '아니에스카 로에브스카(Agnieszka Rojewska)' 선수도 여성이다. 대회 사상

처음으로 여성 바리스타가 우승한 해였다. 이 대회에서 우승을 놓쳤던 전주연 선수는 이듬해인 2019년 보스턴 대회에 출전해 두 번째 여성 월드 바리스타 챔피언이 되었다.

바리스타는 보이는 것과 달리 쉬운 직업이 아니다. 카페 아르바이트로 쉽게 할 수 있다고 생각할지 모르지만 바리스타는 종일 서서 음료를 제조하고 서빙하고 가게를 책임져야 하는 중노동 직군이다. 바리스타로 몇 년 만 일해도 젊은 사람들도 팔과 손목에 무리가 오기 때문에 체력도 좋아야 할 수 있는 직업이다. 체력뿐일까. 서비스업의 감정응대 스트레스는 우리나라 사람이면 어느 정도 예상할 수 있을 것이다. 그런 어려움에도 이 직군 사람들은 커피 자체가 좋아서 이 직업에 빠져들어 바리스타가 되곤 한다.

같이 일했던 후배가 그런 경우다. 처음에는 같은 부서에서 내가 담당하던 커피 생산자를 돕는 일들에 관심을 가지고 함께 일하기로 한 후배였다. 이를 위해 국제개발학 등 필요한 공부를 했고, 본인도 이 분야에서 커피 일을 해보고 싶어 했다. 그러다 '커피' 자체를 너무 좋아해 진로를 바꾸고 바리스타의 길로 들어섰다. 일반 직업보다 급여도 상대적으로 더 적고 노동 강도도 높은 진로였다. 같이 일하며 그 친구가 커피를 얼마나 좋아하는지 보았기에 멋진 바리스타가 되어 커피 업계에서 좋은 역할을 할 수 있을 것이라 기대하게 되었다.

가끔씩 나에게 무슨 일을 하냐는 질문에 "커피 일 해요."라고 대답한다. 그러면 다시 "아, 바리스타세요?"라고 되묻곤 한다. 일반적으로 '커피로 할 수 있는 일'이라고 하면 바리스타를 생각하기 쉽다. 때로는 그 바리스타만 생각한다.

그런데 나는 바리스타 자격증이 있어도 한 번도 카페를 내가 온전히 책임지는 바리스타 일을 해 본 적이 없다. 커피 음료 한 잔이 가장 쉽게 눈에 보이는 커피 업계에도 나처럼 사무 일을 하는 사람, 무역업을 하는 사람, 커피 영업과 비즈니스를 하는 사람, 커피를 감정하고 평가하고 학술적으로 연구하는 사람, 그리고 음료를 개발하고 교육하는 사람 등 다양한 직업군이 있다. 아마 우리가 가장 쉽게 찾을 수 있는 사람들이 바리스타이다 보니, 이들을 쉽게 대하고 전문성에 대해서도 가볍게 생각할 수도 있는 것 같다.

하지만 커피 일을 하면서 바리스타들을 더 존중하게 되었다. 내가 아무리 좋은 커피를 가져오고 생산자들이 우수한 커피를 재배한다 해도, 이들이 진심으로 추출하지 않는다면 무슨 소용일까. 커피 음료 한 잔을 추출하는 데 많은 과학과 기술이 필요하고 에너지가 필요하다. 그래서 나는 커피음료에서 진정성과 전문성을 추구하는 바리스타들을 보면 존경스러워 내가 좋아하는 농부들의 소중한 커피도 꼭 소개해 드리고 싶어진다. 내가 잘 아는 성실한 농부들이 만든 품질 좋은 커피를, 이분들이 멋있는 음료로 내려준다면 그보다 보람된 일이 있을까 싶어서다.

이런 매력 때문인지 커피를 알면 알수록 그리고 일을 하면 할수록 커피가 좋아진다. 커피를 키우는 사람부터 커피 음료를 만드는 사람까지 만날 수 있고 그들에 대해 생각할 수 있어서다. 그 농부들의 땀이, 커피가 이동해서 원두로 바뀌기까지 일하는 사람들의 노력이, 원두 몇 알이 내가 마시는 한 잔의 커피가 되기까지 고민한 바리스타의 고충이 모두 함께 뒤섞이고 어우러져 응축되어 탄생한 한 잔의 음료이니 말이다. 상상할 수 없을 만큼 많은 이야기들이 커피 한 잔에 담겨 나에게 와서 말을 거는 기분이다.

르완다 커피도 파나마 게이샤처럼

세상에서 가장 비싼 커피는 어느 나라 커피일까? '파나마 게이샤' 커피를 마셔본 사람이라면 커피 한 잔 가격이 꽤 비싸다는 것을 안다. '지구상에서 가장 비싼 커피'로 불리는 이 커피는 매년 파나마 국가 내에서 '베스트 오브 파나마(Best of Panama)'라는 경매 시스템을 거쳐 판매된다. 지금까지 거의 매년 지구상에서 가장 높은 가격으로 거래되었다. 2020년 경매에서는 1파운드당 1,300달러의 최고가로 낙찰되었는데, 우리에게 익숙한 kg으로 환산해 보면 1kg당 약 2,866달러의 가격이다. 일반적으로 콜롬비아 커피 1kg에 5~6달러 하는 걸 생각하면 파나마 게이샤 커피가 얼마나 비싼지 실감할 수 있다.

파나마가 커피로 유명해진 것은 그리 오래되지 않았다. 코스타리카와 콜롬비아 사이에 위치한 작은 나라 파나마는 역사적으로 '파나마 운하'로 더 유명하다. 국가 이름보다 파나마 운하를 먼저 기억하는 사람도 많을 것이다. 이런 파나마가 2000년대 이후 운하보다 더 유명한 키워드를 얻기 시작했는데, 바로 '파나마 게이샤

(Geisha) 커피'다. 여기서 '게이샤'는 커피의 품종을 말하는데, 원래 게이샤 커피는 에티오피아 서남쪽에 위치한 '겟차(Gecha)'라는 지역에서 발견되어 '게샤(Gesha)'라는 이름을 거쳐 파나마에서 게이샤(Geisha)가 되었다고 한다. 일본의 '게이샤'와 철자 표기는 같지만 무관하게 지어진 이름이다.

이 게이샤 커피가 원산지인 에티오피아에서 이동해 아프리카를 넘어 중남미의 코스타리카, 콜롬비아, 파나마 지역으로 전파되어 재배되기 시작했다. 그 중 파나마의 에스메랄다(Esmeralda) 농장에서 재배된 게이샤 커피 일부가 당시에 심각했던 병충해를 이기고 소량으로 살아남았다고 한다. 그 게이샤 커피만 다시 재배해서 2004년 베스트 오브 파나마 경연대회에 출마했는데 심사위원들의 만장일치로 1위를 차지하면서 유명해졌다. 심사위원이던 그린마운틴 커피(Green Mountain Coffee)의 품질관리자 돈 할리(Don Holly)가 이 커피를 맛보고 맛이 너무 황홀해서 이렇게 말했다. "커피를 마시면서 신의 얼굴을 보았다." 나중에 이 말을 따서 《신의 커피(God in a cup)》라는 책으로 쓰이기도 했다.

파나마 게이샤 커피가 유명세를 탈 수 있었던 이유는 뛰어난 맛 때문이기도 하지만 경매 시스템을 통해 고가의 가치를 얻었기 때문이다. 실제로 많은 커피 생산국에서 경매 시스템을 거쳐 커피를 판매한다. 그 중에서 'Cup of Excellence(COE)'로 알려진 커피생두대회에서 선별된 고품질의 커피들이 매년 각국 COE 커피로 선정되어 고가로 판매되고 있다. 이 COE 대회와 경매가 처음에는 브라질, 콜롬비아, 코스타리카 등 중•남미 지역에서 시작되었지만 점차 아프리카와 아시아 국가들에도 확대되어 다양한 커피 생산국의 뛰어난 커피를 알리고자 노력하고 있다.

르완다에서도 COE 경매 시스템을 일찍 도입해서 르완다의 좋은 커피들이 알려지도록 노력하고 있었다. 마침 내가 머물던 2018년에도 르완다 COE 경매를 준비하고 있었는데, 같이 일하는 농부들도 참여해 보면 좋겠다는 생각이 들었다. 우리의 프로젝트 자체가 소규모 농부들이 좋은 커피를 재배해서 좋은 가격으로 판매할 수 있도록 돕는 것이니 이 대회가 당연히 도움이 될 것이다. 농부들이 이런 기회를 본 적도 없으니 한번이라도 참여해 보면 좋은 경험이 될 거라 생각했다.

나는 함께 일하던 현지 직원 조시아스를 설득했다. 농부들이 이번 르완다 COE에 참여하게 해서 그들의 커피가 어느 정도로 인정받는지 한번 시험해 보자고 했다.

"이번 COE에 입상하면 훨씬 좋은 가격으로 커피를 팔 수 있게 돼요. 물론 처음이라서 입상이 쉽지는 않겠지만, COE 경매에 선발되면 좋은 거래처도 더 많이 생길 거니까요. 다음 번 참여를 위해서도 좋은 경험이 될 거예요."

"…… 지금은, 이번 시즌 커피 생산하는 일이랑 거래처 찾는 일이 너무 바쁜데, 준비를 할 수 있을까요? COE에 참여하려면 샘플도 많이 준비해야 하는데 COE용 샘플을 따로 준비할 돈도 사실 없어요. 농부들 주머니 아시잖아요. 제 생각엔 그것보다 얼른 거래처를 찾아서 준비한 커피를 빨리 팔고 싶을 것 같아요. COE 아니더라도 거래처에서 해외로 수출하면, 우리 커피가 품질이 좋으면 더 좋은 가격을 받을 수도 있겠죠. 지금은 그게 더 나을 것 같은데……."

조시아스도 원래는 농부였다. 내가 2016년 르완다를 방문했을 때 처음 만났다. 그때 커피를 해외인 한국 우리 회사로 처음으로 수출할 수 있었고, 이후 우리가 르완다에서 프로젝트를 시작하는 데 많은 도움을 주었다. 농부였지만 공부도 많이 해서 영어도 잘하고 커피 판매에 대한 의지도 높아 현지 직원으로 고용해 함께 일하고 있었다. 그래서 그는 농부들의 상황과 마음을 더 잘 이해하고 현실적인 이야기를 내게 해주곤 했다.

나는 우리 프로젝트에 참여하는 농부들이 COE에 도전해서 세계 시장으로 나갈 수 있는 기회를 직접 경험하고, 또 운이 좋다면 좋은 결과도 얻게 돕고 싶었다. 그러나 조시아스는 함께 일하는 농부들이 COE보다는 지금 자신들의 커피를 얼른 좋은 곳에 판매하고픈 마음이 더 크고 재정적으로도 빠듯한 상황이란 걸 잘 알고 있었다.

때문에 내 생각에 회의적이었던 것이다. 커피농사도, 대회 참여도 내가 할 수 있는 일이 아니었기에 강요할 수도 없었다. 그래도 조금 더 설득해서 몇 명이라도 이번 COE에 참여해서 경험했으면 좋겠다는 마음이었다. 조시아스는 내 마음을 알고 농부들을 설득해 보겠다고 했다. 그러나 역시 농부들의 호응은 적었다. 현실적으로 COE를 위해 준비해야 할 과정들이 많았는데, 정보를 처음 접한 농부들에게는 모든 것이 너무 부담스러웠기 때문이다. 하는 수 없이 2018년 COE는 포기하기로 했지만 아쉬움이 컸다.

COE가 만능키는 아니지만 좋은 기회가 될 수 있다는 걸 꼭 한번 보여주고 싶었다. COE커피는 국제심사위원들의 엄격한 심사를 통해 품질을 인정받기 때문에 시장가의 10배 이상의 가격도 받을 수 있는 기회를 열어주기도 한다. 대회 입상은 농부들에게 하나의 명예와 같고 다시 잡기 힘든 기회기도 하다. 게다가 내가 경험한 우리 농부들의 커피도 잘만 관리하면 참여하기에 부족하지 않을 것 같았다.

그러나 결국 참여하지 못했고, 점차 시간은 지나 COE 최종 결과 발표 날이 다가왔다. 그날 마지막으로 국제 심사위원들과 대회 주최자와 지원기관, 그리고 대회에 입상한 농부들이 함께 즐기는 만찬 세레모니가 열렸다. 나도 르완다에서 외국인으로 커피 일을 하고 있어 자연스레 그 자리에 초청받았다.

나는 만찬회장에 조시아스와 동행했다. 2018년 COE 참여 기회를 놓친 아쉬움이 커서, 내가 가장 신뢰하는 현지 농부이자 직원인 조시아스라도 간접적으로나마 COE로의 가능성을 알았으면 좋겠다는 마음에서였다. 세레모니에 초대했을 때도 조시아스는 크게 감흥이 없었다. 누군가 수상을 할 것이고 그들만의 산지라고 생각하는 것 같았다. 그래도 함께 만찬장에 들어가서 내가 아는 사람들에게 조시아스를 소개시키기 시작했다.

그러나 의외로 내가 조시아스를 소개할 필요도 없었다. 이번에 COE에 입상하고 선발된 농부들 중 일부, 그리고 그 외 여러 사람들도 이미 조시아스가 커피 농사를 짓고 판매하면서 만났던 사람들이었던 것이다. 나는 괜히 불편한 자리에 조시아스를 오라고 했을까 한편으로 후회하면서 그날 만찬에 마지막까지 함께 참여했다. 행사가 마무리되고 조시아스와 함께 차를 탔다.

"……."

한동안 묵묵부답 조용하던 조시아스가 무엇인가 할 말이 있는 듯 주저하더니 입을 열었다.

"…… 다음 번 COE엔 우리도 꼭 참여해야겠어요. 그 사람들이 입상해서 그렇게 좋은 가격으로 커피를 팔고 있었다니, 정말 몰랐어요. 우리도 할 수 있는데 왜 안 했던 걸까요? 내가 다 알던 사람들인데 상을 받는 걸 보니 참 후회가 되던 걸요. …… 다영, 오늘 초대해 줘서 고마워요. 그리고 우리도 다음부터 꼭 참여할 거예요!"

'백문이불여일견(百聞而不如一見)', 백번 듣는 것보다 한번 보는 것이 낫다고 했던가. 내 진심을 알면서도 공감하지 못하던 조시아스가 스스로 깨닫다니. 다른 말이 더 필요 없을 것 같았다.

"그래요. 우리가 할 수 있는 게 있다면 언제든 도울 거예요."

그 후 2019년과 2020년 모두 우리 르완다 농부들은 COE에 참여하지 못했다. 2019년은 대회 참여 자체가 제한적이었고, 2020년에는 대회가 열리지 못한 탓이다. 2019년 대회를 준비하던 농부들은 참여 기회가 제한되어 2020년 참여를 기대하고 있었는데 코로나 및 여러 가지 경제 사정으로 대회가 취소되어 많이 아쉬워했다. 아마도 처음 대회를 준비하는 소규모 농부들에게는 쉽지 않은 여정일지도 모른다.

COE 시스템이나 베스트오브파나마 같은 경매시스템을 좋아하지 않는 사람들도 있다. 나도 개인적으로 옹호만 하지는 않는 편이다. 현지 농부 입장에서 봤을 때 공정한 경쟁이라고 하지만 의외로 진입장벽이 높기도 하고, 각 커피 생산지 환경과 사정상 진행 시스템에 잡음이 있을 때도 있기 때문이다. 가끔은 너무 '넘사벽'인 일부 커피들이 고가의 경매가격으로 낙찰되는 것을 보면 과하다는 생각이 들기도 한다.

그러나 2018년 르완다 COE 경연 마지막 날 만찬회 후 차 안에서 반짝이던 조시아스의 눈동자와 열정 가득

했던 이야기를 나는 지금도 잊을 수 없다. 언젠가는 르완다 커피도 파나마 게이샤 커피처럼 인정받고 농부들에게 엄청난 기회를 줄 수 있는 날이 오지 않을까? 로또와 같은 일확천금의 꿈이 아니라, 농부들이 스스로 더 노력하고 방법을 찾아 좋은 커피를 개발할 수 있다면 그것도 커피 경매 시스템의 좋은 효과일 수 있으니 말이다. 그리고 한편으로는 이런 모든 커피 농부들의 노력이 무한 경쟁보다 더 좋은 방식으로 세상에서 그 가치를 인정받을 수 있는 날이 왔으면 좋겠다.

2018년 르완다에서 COE 대회를 앞두고 있을 때였다. 대회에 참여한 르완다 커피들의 COE 심사를 앞두고 세계 여러 국가에서 심사위원들이 르완다를 방문하기 시작했다. 그중에는 한국인 심사위원들도 있었는데, 한국의 유명한 T커피회사 이○○ 대표로 한국에서도 일 때문에 한두 번 만나 뵌 적이 있었다.

개인적으로 이 대표님을 존경하고 좋아했기에 때마침 르완다에 오셨다는 소식을 듣고 꼭 한번 뵙고 싶어 초대했다. 우리 회사가 르완다에서 하는 일도 잘 알고 계셨던 대표님은 흔쾌히 응해주셨는데, 내친김에 COE에 출전은 못했지만 우리 농부들 커피도 한번 품질을 테스트 해주십사 부탁을 드렸다.

또한 현지에서 같이 일하는 파트너인 '케빈(Kevin)'도 함께 불러 우리 커피 맛을 같이 테스트할 수 있도록 자리를 마련했다. 그는 르완다 사람인데 오랫동안 커피 수출과 마케팅을 담당해서 여러 외국 파트너들을 잘 알고 있었고 품질을 테스트하는 능력도 있어 우리 프로젝트에 꼭 필요한 파트너였다. 또 내가 르완다에서 지내며 개인적으로도 친해져서 많은 이야기를 나누는 좋은 친구기도 했다.

약속한 날이 다가왔다. 케빈의 커피회사 연구실인 랩실에 함께 모인 우리는 우리 농부들의 커피와 케빈이 따로 준비한 커피들을 함께 테스트했다.

"커피들이 전반적으로 다들 품질은 괜찮네요. 이 커피는 산미가 좋고 오렌지향이 참 좋아요. 그리고 이 커피는 케냐 커피가 가진 특징과 비슷한데, 앞으로 잠재성이 있을 것 같아요. 이 커피는 나쁘진 않은데, 산미가 너무 도드라져서 조금 부담스럽고요. 그리고 다른 커피는 디펙트(Defect, 결점두, 커피에서 좋지 않은 맛을 내는 커피콩)가 있는 것 같아요."

커피 맛을 테스트하신 이 대표님이 각 샘플들에 대한 정확한 평가와 함께 좋은 점과 부족한 점을 설명하기 시작했다.

"그런데…… 르완다 커피는 전체적으로 너무 산미 위주에요. 커피는 다양한 맛을 가진 것이 좋은데, 즉 단맛이 부족한 경향이 있어요. 커피에서 산미만 나는 것을 좋아하지 않는 분들도 많이 있고요. 앞으로 농부들에게 품질에 대해, 단맛을 많이 살릴 수 있는 가공을 잘 할 수 있도록 지원하면 좋을 것 같아요."

커피를 좋아하고 즐겨 마시면서 '이 커피는 좋은 것 같다, 이 커피는 별로다' 등 개인적인 의견은 있었지만 전문적인 '평가'는 자신 없었다. 품질 평가가 내 업무는 아니었지만 '공정무역 커피는 맛이 없다'는 선입견도 있는데, 그 커피의 생산지를 관리하는 일을 하다 보니 품질을 평가하는 방법에 당연히 관심이 갔다. 특히 이런 선입견과는 다르게 훨씬 맛있어진 르완다 같은 공정무역 커피를 더 알리고 싶은 마음에 품질을 평가하는 일은 늘 내게 숙제와도 같았다.

더불어 커피 생산지 일을 할수록 농부들에게 커피 '품질'에 대해 객관적으로 설명하고 조언할 필요성도 느꼈다. 르완다에서 특히 그랬다. 우리와 협력하는 르완다 커피 농부들의 커피를 우리나라뿐만 아니라 미국, 유럽 등 여러 나라에 잘 수출할 수 있도록 지원하는 프로젝트를 하다 보니, 품질에 대해 객관적으로 설명할 수 있는 능력이 부족하다 느꼈던 것이다. 그러던 중에 우리 커피에 대한 이 대표님의 평가는 나에게 단비와 같았다. 어떤 부분은 내가 생각했던 부분과 비슷하고 어떤 부분은 새로웠는데, 전문가의 평가가 내 의견을 검증할 수 있는 기회가 되었다.

옆에서 함께 테스트했던 '케빈'의 평가도 이 대표님과 비슷했다. 그는 르완다 사람이지만 커피 품질 감정사인 Q-grader 자격을 가지고 있었다. 우리는 우리 커피에 대한 의견과 전망을 이야기하고 저녁도 맛있게 먹고 헤어졌다. 대표님은 또 다른 일정으로 자리를 뜨고 나는 케빈과 이야기를 나누었다. 케빈이 물었다.

"다영, Q-grader 자격증에 도전해 보는 거 어때? 너에게도 필요한 것 같고, 내가 보기엔 너도 잘 할 수 있을 것 같은데."

자격증에 대한 고민은 Q-grader 자격증의 존재를 알고부터 계속 하고 있었다. Q-grader란 '커피의 원재료인 커피 생두의 품질을 평가하고 커피의 맛과 향을 감별하며 커피의 등급을 결정하는 커피 감별사'를 말한다. 국제적으로 통용되는 자격으로, 커피 산지에 다니면서 커피 생두와 관련된 일을 하는 사람들에게도 유용하다. 그러나 자격증을 준비하는 과정도 어려울뿐더러 바리스타 과정에 비해 비용도 많이 드는지라 주저하고 있었다.

그런데 막상 르완다 커피 생산지에 와서 일을 해 보니 내가 생각한 품질이 맞는지 스스로도 의심스럽고 답답함을 느낄 때가 많았다. 무엇보다 내가 르완다 커피를 제대로 이해하는지 의문이 들었고 고민이 생겼다. 품질을 검증하는 전문가에 꼭 확인을 받아야 할 것 같은 불안감도 있었다. 그날 테스트의 경험과 케빈의 권유를 곱씹으며 고민 끝에 Q-grader 자격증에 도전해 보기로 결심했다.

Q-grader 자격 검정 시험을 아프리카에서 치르기는 쉽지 않았다. 잠시 한국을 방문하는 일정을 맞추고 시험을 준비했다. 휴가 기간이지만 공시된 시험과 교육일정에 맞추어 귀국일정을 조정하고 르완다에 있는 동안 미리 준비할 수 있도록 찾아보았다. 전체 일정은 3일간 강사에게 집중교육을 받고 3일 동안 시험을 치르는데, 3일

교육만으로는 부족해 미리 연습하고 오는 사람들도 많았다. 나도 사전에 공지되는 내용을 숙지하고 르완다에서부터 필요한 부분을 연습했다.

Q-grader는 커피 생두를 평가하는 자격이니 맛을 보고 향을 맡는 능력이 중요했다. 사전에 연습할 수 있도록 강사들이 몇 가지 방법을 알려주었다. 미세한 맛과 농도를 구분하는 훈련과 여러 가지 향을 맡는 연습이었다. 맛을 구별하는 연습용 시약을 만들어야 하는데 시약 제조 재료를 구하기 어려웠다. 재료라고 해보았자 설탕, 소금 혹은 식용약품 등이었는데, 한국에서 흔하게 구할 수 있는 것도 인터넷으로 백방 뒤져 겨우 찾아내어 수도 중심에 있는 한 가게를 찾아가야 했다.

그나마도 그날 재료가 있으면 다행이었다. 용량을 맞추는 생수 페트병도 구하기 어려웠다. 타지에 멀리 떨어져 혼자 연습해 보는 것도 쉽지 않았다. 그러나 한국에 도착해서 교육받고 시험을 치를 수 있는 일정이 빡빡하고 금액도 비싼 시험 과정이니 절대 대충대충 준비할 수 없었었다. 아프리카에서 특별히 시간 보낼 것도 없어 시간이 넉넉했으니 꾸준히 연습하기엔 그래도 최적이었던 것 같다.

혼자서 좌충우돌 연습하다가 드디어 귀국했다. 겨울인데다 장거리 비행 이후 다음날 바로 교육에 참여해서 정신이 없었지만 열심히 공부했고 실습도 했다. 3일 교육, 3일 시험인 6일 일정이 정말 빽빽했다. 그래도 같이 교육에 참여한 사람들과 남아서 공부도 하고 서로 도와가며 열심히 준비했고 드디어 시험을 쳤다.

Q-grader 검정 시험은 이론과 맛, 향 등 실습을 포함 총9개 과목 모두 통과해야 하는데, 떨어진 과목은 최대 두 번까지 재시험을 치를 수 있다. 한국에 오자마자 교육받고 바로 치른 시험에서 일곱 과목을 통과하고 두 과목에서 떨어졌다. 같이 교육받은 기수 8명 중에 1명만 첫 시험에서 모두 통과한 걸 보면 기대 이상의 결과였다. 두 번째 시험에서 남은 두 과목을 통과하고 나는 Q-grader자격을 취득하였다. 아프리카와 한국을 오가며 휴가도 없이 바쁘게 준비했는데, 만족할 만한 결과로 통과할 수 있어 뿌듯했다.

'드디어 나도 커피를 평가하고 검정할 자격이 있는 사람이 되었구나!' 이제 커피를 평가하고 이야기하는 것에 어느 정도 전문성을 가지게 되었다. 시험을 준비하면서 교육과 실습을 통해 커피에 대해 조금 더 이해하게 되었다는 만족감이 컸다. 커피에 대해 알고 있던 것들을 이론과 원리에 맞추어 재확인하고 새로운 부분을 이해할 수 있어 확신과 자신감이 생겼다. 이렇게 취득한 Q-grader 자격으로 나는 회사에서 유일한 품질검정 자격사로 품질 관련 업무를 책임지고 담당하기 시작했고 여러 커피 관련 내부 교육도 진행하였다. 르완다 현지와 다른 커피 산지에도 이전보다 더 전문적인 내용으로 자문하고 소통할 수 있었다. 커피 일을 하면서 더 자신감을 갖게 된 순간이었다. Q-grader 자격을 취득하고 나는 케빈에게 소식을 전했다.

"케빈, 그런데 나 이번에 한국에 와서 Q-grader 시험 쳐서 통과했어."

"정말? 축하해! 역시 난 네가 할 줄 알았어. 네가 아니면 누가 하겠냐, Q-grader를. 딱 너 같은 사람이 하는 거지!"

돌이켜보면 자격증 하나만으로 전문성을 갖추게 된 것은 아니었다. 처음 커피에 관심을 갖고 배우고 공부했던 것들, 일하며 알게 된 정보들, 무엇보다 꾸준히 커피를 사랑하고 관심 가졌던 것들이 Q-grader 자격을 준비하며 차곡차곡 정리되어 나 자신에 대한 믿음과 자신감을 가져다주었다.

여전히 커피에 대해 알아 갈수록 모르는 부분들이 자꾸 생겨났다. 로스팅은 어떻게 하는지, 추출은 어떻게 해야 맛있는지 등 내 업무가 아닌 부분까지 호기심이 생겼다. 일을 위해서만 배웠다면 한 가지 일만 잘해도 되지만, 커피가 좋아서 공부했고 일로 접하면서도 관심을 가지니 내가 모르는 부분들이 더 많이 눈에 들어온 것이다.

그렇게 나는 커피 감정사라는 또 하나의 벽을 넘어 뚜벅뚜벅 커피인의 길을 걸어가기 시작했다. 그리고 생각했다. 이제 커피라는 분야에서 돌아서기는 어렵겠다고 말이다.

커피, 직접 볶아볼까

바리스타 자격증부터 Q-grader까지 커피의 세계는 무궁무진하고 나의 호기심 역시 넓었다. 이런 나의 호기심을 깨우고 또 눈앞에 들어온 분야가 바로 로스팅이었다. 요리를 즐겨하지 않으니 커피를 볶는 것도 관심이 없었다. 평소 요리도 잘하는 사람이 하면 된다고 생각하니 당연히 커피 로스팅도 잘 볶는 사람이 하면 되는 영역이다. 그랬던 내가 로스팅에 도전한 것은 르완다에서였다.

농부들이 종종 수확하고 가공한 커피 샘플의 테스트를 요청했는데, 테스트를 위해서는 어쨌든 맛을 볼 수 있게 커피를 볶아야 하기 때문이다. 물론 잘 볶는 사람에게 부탁하면 되지만 르완다에서는 이게 쉽지 않은 일이었다. 커피를 볶는 사람도 있고 볶아주는 곳도 있지만 내가 필요할 때 바로바로 도움받기 힘들었다. 테스트해야 할 상황은 한국에서보다 많은데 사람을 찾고 매번 부탁하고 로스팅한 커피를 받아서 테스트하다 보면 원하던 일정을 맞추기 어려웠다. 답답함은 점점 배가되었다.

결국 언젠가는 필요할 것 같아 한국에서 무겁게 가져왔던 샘플 로스터기와 마주했다. 한국에서 가져온 로스터 기계이니 현지 직원들에게 사용해 보라고 할 수도 없었다. 내가 직접 하는 수밖에 없었다. 샘플은 네 곳에서 생산한 커피였는데, 농부들이 모두 내게 가져왔다. 커피 샘플을 테스트해서 이번 커피의 품질이 어떤지 알려달라는 신호였다. 로스터기 설명서를 읽고 인터넷을 찾아 대충 공부한 뒤 일단 볶기 시작했다. 작동이 어렵지는 않았다. 샘플용이기 때문에 로스팅하는 커피 양이 적어 실패해도 또 볶아도 되니 부담이 적었다. 얼렁뚱땅 내가 생각한 방법대로 네 가지 샘플을 볶아내고 다음날 테스트를 진행했다. '어? 뭐지? 이거 맛있는데? 나쁘지 않아!'

샘플이라 소량이긴 했지만, 이게 웬일로 맛있는 게 아닌가! '로스팅이 이렇게 쉬운 거였나? 아니면 내가 커피도 잘 볶는 것일까? 아니면 그냥 소 뒷다리 쥐 잡는 헛발질이었을까?' 30년 넘게 살면서 커피를 좋아하고 일로 시작한지 5년이 되었지만 로스팅은 한 번도 생각해보지 않던 일이었다. 그렇게 나는 '로스팅'이라는 영역에 첫 발을 디뎠다.

그 후 암스테르담에서 열린 유럽 커피 박람회에서 새로운 작은 로스터기를 만났다. 여러 가지 새로운 커피 기계들이 전시되어 있었는데 그 중에 작은 굴뚝처럼 생긴 '이카와(IKAWA)'라는 브랜드의 로스팅 기계가 눈에 띄었다. 일반적인 샘플 로스터기보다 더 소형이었고 가벼웠을 뿐 아니라 스마트 기기와 연동되어 로스팅하는 프로파일을 그대로 구현할 수 있다고 하니 더 최첨단 상품처럼 보였다.

더욱이 호기심이 생겼던 건 이름이었다. 브랜드명인 '이카와'의 '카와(Kawa)'는 르완다 말로 '커피'를 의미했기 때문이다. 아니나 다를까 개발한 사람도 르완다와 브룬디에서 '커피'를 '카와'라고 부르는 것을 보고 '이카와(Ikawa)'라고 이름 붙였다고 했다. 작고 콤팩트하고 성능도 좋아 보이고 스마트해 보이고…… 사고 싶은 마음이 굴뚝같았지만 가격이 로스터기답게 비쌌다. 아쉬운 마음만 가지고 르완다로 돌아왔다.

이듬해인 2019년 한국으로 돌아와서 품질 관련 업무를 담당했다. 자연스레 커피 샘플을 테스트할 일이 많아졌다. 르완다에서 직접 커피를 로스팅하고 테스트해 봐서 그런지 시설과 인프라가 좋은 한국에서는 이것저것 더 테스트하고 알아보고 싶어졌다. 또 조금만 찾아봐도 좋은 로스터기가 많았다. 더군다나 회사도 품질에 더 집중하기로 새롭게 업무 방향을 잡으면서 품질을 테스트하는 일이 중요해졌고 자주 요구되었다. 이런 환경에서 로스팅 교육을 받을 기회가 찾아왔다.

"다영, 이번에 로스팅 교육 한번 받아볼래?"

회사 측의 제안이었다. 좋은 기회를 놓칠 이유가 없었다. 직접 로스팅해 보는 경험은 재미있었다. 르완다에서 아무것도 모르고 샘플만 몇 번 볶아 본 것이 다였지만 교육과정에서 다양한 나라의 커피를 제대로 로스팅하는 실습을 계속하며 익혔다. 가장 신기했던 것은 품종마다 볶는 방법이 다르다는 것이다. 대학에서 생물학을 공부했으니 당연히 커피가 여러 품종으로 나누어진다는 것은 알고 있었다. 하지만 결국은 다 같은 식물의 한 종류이니 얼마나 다를까 생각했다.

네팔 커피인 티피카(Typica) 품종과 르완다 커피인 버본(Bourbon)을 로스팅하는 시간과 온도가 달랐고, 브라질 콩인 옐로 버본(Yellow Bourbon) 품종은 또 달랐다. 특히 기본이라고 하는 브라질 콩은 늘 태워먹기 일수였다. 내게 가장 어려운 콩은 의외로 쉬울 것 같았던 과테말라 커피콩이었는데, 중남미의 몇 가지 품종이 섞여 있어 더 그런 것 같았다. 이 커피가 어려웠던 것이 품종만의 문제가 아니었는데, 고도와 기후에 따라 콩의 강도와 특징에 맞게 로스팅해 봐도 결과물은 늘 태운 맛만 가득한 맛없는 커피로 나타났다.

같은 로스팅 기계를 써도 매번 맛이 달랐다. 난생 처음 요리의 숨겨진 비밀을 발견한 느낌이 들었다. 로스팅도 요리와 똑같다는 생각이 들었다. '아, 이게 정말 볶는 사람의 기술과 스타일에 따라 맛이 다 달라질 수 있구나. 정말 요리랑 똑같네. 내가 요리를 못하니 로스팅도 못하는 거네.' 그리고 다시 확실히 깨달았다. 내가 처음 르완다에서 볶았던 맛있던 샘플은 정말 소 뒷다리로 쥐 잡은 것이었단 걸 말이다.

어려운 로스팅의 세계를 발견하고 좌절도 했지만 곧 기분 좋은 소식이 찾아왔다. 회사에서 큰 맘 먹고 유럽 박람회에 보았던 이카와 샘플 로스터를 구매한 것이다. 그 후 이카와 로스터기를 독점(?)해서 여러 가지 샘플을 볶고 테스트하기를 반복했다. 다행히 이 로스터기는 스마트 기기와 연동되어 작동해서 세프처럼 세밀하게 다루지 않아도 쓸 수 있었다. 마치 쿠쿠 전기밥솥처럼, 알아서 커피마다 내가 원하는 방식의 로스팅을 구현해냈다.

잘 볶은 커피란 뭘까. 맛있는 음식과 같다. 커피는 음식이고, 로스팅은 요리다. 이 사실을 깨닫는 데 너무 오래 걸렸다. 남이 요리해준 커피가 맛있으면, 이젠 로스터에게 더 감사하며 먹어야겠다.

맛있는 커피를 마시고 싶어

"물줄기를 최대한 얇게 부어 보세요. 아니, 좀 더 천천히요. 네, 그렇게. 기다렸다가 두 번째 물 붓기는 조금 더 굵은 물줄기도 괜찮아요. 어, 그건 너무 굵어요!"

커피회사에 입사하고 회사에서 핸드드립 교육을 받을 때였다. 이전부터 취미 삼아 늘 핸드드립으로 커피를 내려 마셨는데, 교육을 받으면서 생각보다 잘 되지 않았다. 물줄기를 얇고 섬세하게 원을 그리며 내리라는데, 왜 내 물줄기는 이렇게 엉망이고 조절이 안 되는 것일까. 핸드드립 포트의 무게도 익숙하지 않고 집중하려니 손이 떨리기도 해 조절하기 더 어려웠다. 집에 핸드드립 도구도 갖추고 꽤 마셨다고 생각했는데 그날 교육에서 본 내 실력은 중하위 수준이었다. 나는 그냥 '막드립'으로 내려 커피를 마셔왔나 보다.

커피를 추출하는 것을 브루잉(Brewing)이라고 한다. 맥주를 양조할 때도 이 단어 Brew를 쓰는데 요즘 유행인 수제맥주 역시 '브루어리(Brewery)'다. 물론 에스프레소 같은 추출에는 'Extract'라는 단어를 쓰는데, 전반적으로 커피 추출을 통칭할 때는 주로 브루잉

(Brewing)을 쓴다. 에스프레소, 핸드드립처럼 커피를 추출하는 방법은 여러 가지가 있고 그에 따라 추출하는 도구도 여러 가지다. 아무래도 가장 익숙한 추출도구는 카페에서 본 에스프레소 머신이나 혹은 집에서 한두 번 내려 보았을지 모를 커피메이커, 핸드드립 도구들일 것이다. 그러나 이 외에도 다양한 커피 추출 도구와 추출 방식이 있다.

커피를 추출하는 방식은 먼저 기본적으로 가압식, 여과식, 침출식 등으로 나뉜다. 표현 그대로 가압식은 압력을 가해서 커피를 추출하는 방식으로 카페에 있는 에스프레소 머신이 대표적인 기계이다. 그 외에도 집에서 쉽게 에스프레소를 추출할 수 있는 모카포트, 최근에 나온 제품으로 실린더 안쪽에 커피를 넣고 한쪽을 필터로 막아 주사기처럼 눌러 압력을 가해 추출하는 에어로프레스(Aeropress)도 있다. 가압식 추출은 짧은 시간 압력을 가해 커피 원두가 가진 많은 가용성 성분을 추출하는 방식인데 커피 자체가 가진 많은 성분과 질감을 맛볼 수 있다.

여과식 추출은 우리에게 익숙한 핸드드립 추출을 생각하면 된다. 말 그대로 여과지를 사용해서 커피를 걸러서 추출하는 방식으로 필터커피(Filter Coffee) 또는 브루잉 커피(Brewing Coffee)라고 한다. 여과에 사용되는 필터는 종이필터 외에도 메탈, 천 등을 사용하기도 하는데, 필터를 통해 커피의 성분을 일부 여과해서 추출하기 때문에 다른 방법보다 깔끔한 맛을 느낄 수 있다.

마지막으로 침출식 추출은 물속에 커피를 담가서 커피에서 녹아 나오는 향미를 추출하는 방식이다. 다른 방법에 비해 추출방법이 매우 간단한데 프렌치프레스나 클레버를 이용할 수 있다. 프렌치프레스는 분쇄된 원두를 넣고 원두가 서서히 가라앉으면 레버를 내려서 커피 음료를 따를 때 원두가 나오지 않도록 맞춰주면 된다. 클레버는 더 쉽게 추출할 수 있다. 클레버 안에 사이즈에 맞게 필터를 장착하고 원두를 넣어 레시피에 맞게 물을 붓는다. 3분 내외로 우린 후 클레버를 서버에 올려놓기만 하면 자동으로 음료가 따라지는 방식이다. 여름에 특히 인기가 좋은 콜드브루도 침출식 방식이다. 비슷한 더치커피가 전용기구로 찬물을 점적식 방법으로 추출하는 커피를 말한다면 콜드브루(Cold Brew)는 이름처럼 차가운 물에 커피를 담궈 우려내는 방식이다.

각 방식에 따라 추출되는 커피의 성분이 달라져 맛과 특징에도 차이가 생긴다. 또 같은 가압식, 여과식, 침출식이라도 도구에 따라 미세하게 차이가 있으니 선호하는 방식을 배워보는 것도 좋다. 개인적으로는 핸드드립 방식을 가장 좋아한다. 카페에서는 에스프레소 음료를 마시지만 집에서는 원두를 갈아서 핸드드립으로 마시곤 한다. 핸드드립의 매력은 고가의 장비나 특별한 기술 없이 시도해 볼 수 있다는 점이다. 커피를 좋아하고 집에서도 마시고 싶으면 작은 핸드드립 도구들은 사서 시도해 볼 수 있다. 조금만 시간을 내어 유튜브를 찾아 봐도 다양한 핸드드립 방법을 쉽게 배울 수 있다. 또 원두를 골라보는 재미도 쏠쏠하다. 매장을 방문해서 직접 살펴보고 구매하거나 인터넷 쇼핑으로 다양한 정보를 통해 원두의 특성을 보며 고를 수 있다. 그렇게 선택한 커피를 직접 내려 보면서 설명한 그 맛이 나는지 확인해보는 것도 재밌다. 나 또한 내 방식과 기호가 생기는 것 같아 즐거웠다.

혼자 막드립으로 마시다가 핸드드립 교육을 받으면서 정말 내 마음대로 커피를 내려 마셨다는 걸 알았다. 살짝 민망했다. 그렇다고 내 막드립의 시간이 잘못되었다고만 할 수 있을까. 나는 그 시간들을 통해 커피를 더 좋아하게 되었고 더 알아갈 수 있었다. 핸드드립에 익숙해지고 자신감이 생기면서 지인들이나 가족들에게 대접하며 즐거움을 느꼈고, 내가 커피를 좋아하는 것을 알고 지인과 가족들은 커피 추출을 부탁하곤 했다. 명절에 식후 커피를 준비하는 일은 지금도 내 차지다. 거기에 추출하는 커피에 대한 설명을 한 마디 보태면 새로운 이야깃거리로 즐거워진다. 내 핸드드립 방식이 막드립이어도 커피를 즐기는 일에는 크게 문제되지 않는다.

무엇보다 나는 핸드드립 커피에서 느껴지는 깔끔한

맛을 좋아한다. 카페나 사무실에서 어쩌다 에스프레소나 믹스커피를 마셔야 할 때도 있지만 혼자 마시는 커피는 무조건 핸드드립이다. 핸드드립으로 커피를 내리려면 에스프레소나 믹스커피 한 잔을 만드는 것보다 시간이 더 필요하다.

짧은 순간 기계가 추출하는 에스프레소 한 잔보다, 이미 만들어진 믹스커피 하나 부어 마시는 것보다 내가 해야 할 일이 많다. 내가 나를 위해 내리는 커피니까 이 순간만은 내가 좋아하는 맛과 커피를 내리는 방법에 대해 고민할 수밖에 없다.

퇴근 후 저녁식사 후일 수도 있고 사무실에서 집중해서 일하다가 잠시 짬이 나는 오후 시간일 수도 있다. 내가 커피를 내리기에 집중할 수 있는 시간에는 다른 기름진 맛이나 설탕, 우유를 더하지 않은 깔끔한 커피 맛 그 자체로 충분하다고 느껴진다. 일부러 그 시간에 무엇을 더하기보다 집중해서 내린 핸드드립 한 잔으로 시간을 채운다.

물론 사람마다 취향도 입맛도 다를 것이다. 아메리

카노와 같은 에스프레소에서 느껴지는 오일감과 크레마를 커피의 중요한 맛으로 선호하는 사람도 있고, 프렌치프레스와 같은 침출식 추출에서 느껴지는 다양한 맛과 미분감을 좋아하는 사람도 있다. 어떤 이는 우유와 설탕, 크림을 더한 달콤함을 좋아하고, 이도저도 아니고 맥심 모카골드 한 잔에 피로가 풀리는 그 기분과 순간을 좋아하기도 한다. 어떤 방식, 어떤 맛을 선호하든 커피를 제조하며 다양한 맛과 경험을 만난다. 그리고 맛있는 커피 한 잔으로 내 시간을 행복하게 채울 수 있다면 그것으로 충분하다. 취향에 따라 다양한 커피 추출을 배워보는 시간도 어쩌면 그 한 순간을 위한 것일 테니 말이다.

그러면 맛있는 커피를 위해 필요한 것은 무엇일까. 우선 너무 오래되지 않은 신선한 커피 원두, 여기에 깨끗한 추출 도구가 필요하다. 그리고 핸드드립이라면 추출 전 물을 원두의 2배 정도 먼저 붓고 30~40초 정도 뜸을 들이는 것이 좋다. 여기에 커피를 맛있게 내리기 위해 집중할 수 있는 분주하지 않은 마음과 정성이면 나는 충분한 것 같다.

맛으로 유명하고 비싸고 좋은 원두, 잘 내리는 기술로 맛을 내는 것도 좋지만, 마음이 더해진 커피는 때론 특별한 기술 없이도 맛을 낸다. 인간의 맛에 대한 기억은 다분히 상대적이니까 말이다. 맛있는 커피는 혀뿐 아니라 우리 마음에서도 함께 느낀다.

조금 더 맛있게 핸드드립 하는 법

준비물

커피 20g(분쇄된 것 혹은 그라인더에 직접 갈아서 준비), 뜨거운 물 300ml(90~95도 정도), 커피 서버(주전자), 드리퍼, 필터 여과지(드리퍼 사이즈에 맞는), 드립포트(핸드드립 물 주전자)

---

1. 커피 서버 위 드리퍼에 여과지를 넣어 적셔둔다.
2. 분쇄된 원두 20g을 여과지 안에 평면이 고르게 잘 넣는다.
3. 90~95도로 준비한 뜨거운 물 40ml 정도를 원두에 고르게 적시고, 30~40초 정도 뜸을 들인다.
4. 2~3회에 걸쳐 원을 그리며 물줄기를 얇게 천천히 부어준다. (예시: 1차 80ml, 2차 100ml, 3차 80ml/ 회차 간 10~15초 간격을 두고 붓는다)
5. 다 내린 커피를 잔에 부어 즐거운 마음으로 마신다.

커피, 차, 와인

한국에서 Q-grader 교육을 받을 때였다. 강사님이 커피의 향미를 설명하며 '블랙커런트(Blackcurrant)' 이야기를 해 주셨다.

"케냐 커피를 테스트할 때 대표적으로 나타나는 향미가 블랙커런트인데요. 그런데 한국 사람들은 이 과일이 익숙하지 않아서 향미를 바로 감지하기 힘들 수도 있어요. 블랙커런트가 주로 유럽이나 북미에서 생산되기 때문에 우리한테 익숙하지 않은 과일인 거죠. 그래서 커피에서 블랙커런트 향이 난다고 하면 우리는 이해하기 어려운 경우가 많아요. 블랙커런트는 와인 까베르네 쇼비뇽(Cabernet Sauvignon) 품종에서 잘 느껴지는 대표적인 향미기도 해요. 그래서 동양인들보다 와인 문화가 일찍 발달한 서양 사람들이 쉽게 이 향미를 감지할 수 있는 이유기도 해요. 와인이나 커피나 향미를 인식하고 기억하는 방법은 같아요. 많이 맛보고 경험할수록 다양한 맛과 향을 느낄 수 있어요. 관심 있으면 와인도 경험해 보세요. 그러면 커피 향미를 구별하는 데도 많이 도움 될 거예요."

흥미로운 이야기였다. 와인도 커피와 같은 방법으로 맛과 향을 감지할 수 있다니! 그렇게 와인에도 흥미가 생겼다. 향미 분석하는 일을 더 훈련하고 싶었는데, 강사님 말대로라면 내가 잘 이해할 수 없는 향미들은 와인을 통해서도 접할 수 있다는 이야기였다. 술은 많이 마시는 편이 아니었고 사람들과 가볍게 즐기는 정도여서 와인도 자주 접하지는 않았다. 그런데 르완다에 머물면서 기회가 많아졌다.

이런 새로운 취미는 한국에 돌아와서도 계속 이어졌다. 한국에서도 와인이 대중화되기 시작했다. '혼술'하는 사람들도 많아졌고 이에 걸맞게 주류의 배달 시스템도 시작됐다. 이제는 편의점만 가도 살 수 있고, 와인을 정기구독할 수 있는 서비스들도 생겨났다. 이전에 알 수 없었던 새로운 맛과 향을 와인을 통해서도 간접적으로 경험할 수 있게 됐다.

맛과 향을 경험하는 일은 커피와 와인에 국한되지 않는다. 일상에서 먹고 마시는 많은 것들이 맛과 향의 원천이 된다. 과일은 말할 것도 없고 김치, 된장 등 많은 음식 재료와 소스, 꽃과 자연에서도, 하다못해 도심에서 경험한 독특한 맛과 향을 기억해 내는 것도 향미의 분석이다. 커피도 와인도 대중화될수록 이런 분석이 유용한 마케팅 수단이 될 수밖에 없다.

향미가 중요한 우리에게 익숙한 음료가 또 하나 있다. 바로 차(茶)다. 커피 향미에 관한 교육을 받으면서 차(Tea)와 비교하는 것을 본 적이 있다. 커피 향미를 공부하는 스터디그룹에 차를 전문적으로 다루는 분과 함께 참여한 것이다. 향미를 감지하고 분석하는 방식은 아주 유사했는데, 차가 커피보다 향미가 더 투명하고 깔끔해 더 미세하게 감지하고 분석할 수 있다고 했다.

그분은 커피의 향과 맛을 분석하면서 차에서 느껴지는 수준보다 훨씬 강하다고 했다. 신기했다. 차, 와인, 커피라는 하나의 필터만 걷어낸다면 그 안에 녹아있는 향과 맛을 구분하는 방식은 모두 같다는 생각이 들었다. 그러면서 많은 식품과 음료에 대한 이해가 넓어지는 느낌이었다. 탄산음료의 제조에도 향과 맛의 분석이 쓰인다. 서로 전혀 다른 것처럼 보이는 음료들이 향과 맛에서 공통된 요소로 분석되고 있다는 점이 흥미로웠다. 그러면 내가 좋아하는 와인, 커피, 차는 내가 선호하는 향과 맛의 특정 기억을 품고 있는 것은 아닐까 더 궁금해졌다.

르완다에서부터 다양한 와인을 맛보았지만 아직까지 내 입맛에 거슬리는 품종이 있다. 앞에서 설명했던 카베르네 쇼비뇽 품종의 와인이다. 카베르네 쇼비뇽은 와인 중에서는 가장 유명한 대표 품종인데 말이다. 그런데 우연인지 선입견인지 이 와인처럼 블랙커런트 향미를 강하게 느낄 수 있는 케냐 커피도 좋아하지 않는다.

아프리카 커피를 좋아해서 다양한 커피를 블라인드 테스트해 보면 케냐 커피가 항상 꼴찌를 차지한다. 케냐가 아프리카의 대표 커피 산지라 많은 사람들이 좋아하는데 말이다. 블랙커런트가 뭔지는 몰라도 직관적으로 케냐 커피와 카베르네 쇼비뇽 와인 맛을 좋아하지 않는 것은 분명하다. 혹은 블랙커런트와 전혀 상관없는 케냐 커피와 카베르네 쇼비뇽 와인 맛에서 공통으로 느껴지는 다른 향미의 경험 때문일지도 모른다.

커피를 좋아하다 보니 와인도 좋아하게 되고, 차(Tea)에서 느껴지는 향미까지 호기심을 갖고 찾게 되었다. 와인을 마시면서 차에서 느껴지는 떫은 맛이 와인의 탄닌과 어떻게 다른지도 궁금해지고, 커피와 와인의 공통적인 향미와 떼루아(Terroir)에 대해서도 궁금해졌다. 요즘은 커피에서도 향미의 표현과 그 영향을 '떼루아', 즉 커피가 재배되는 환경과 기후 등의 조건으로 설명하기도 한다. 와인처럼 커피의 떼루아로 설명하다니 재미있지 않은가. '떼루아'에 관심을 가지다 보면 어느새 이번 주말에 내가 마시는 와인의 떼루아를 상상해보는 재미도 더할 수 있다. 와인부터 시작한 애호가들이 커피와 차의 세계에 흥미를 갖고 도전하는 일도 생기게 될 것 같다.

아무튼 커피 교육을 받으며 떼루아와 카베르네 쇼비뇽, 그리고 블래커런트를 설명해 주신 강사님에게 지금도 감사하다. 최근에 와인으로까지 취미 영역이 확대된 것은 분명 이 강사님의 공헌이 제일 크다.

커피 없는 미래가 되지 않으려면

커피가 멸종위기 식물이 된다면? 우리는 커피 없는 삶을 생각할 수 있을까? 실제 50년 뒤에는 커피가 멸종한다는 전망이 나오고 있다. 2017년 연구에 따르면 지구온난화로 2040년에 전 세계 커피 생산량의 약 90%에 해당되는 커피 품종이 멸종할 것이라고 예상했다. 2050년까지는 현재 커피를 키우는 땅의 절반 이상이 사라지고, 2080년에는 야생 커피가 아예 멸종에 이른다고 전망했다.

기후변화는 커피의 맛도 점차 바꿔가고 있다. 지구의 온도가 상승하면서 좋은 커피를 재배하기 어려운 환경으로 변화되고 있기 때문이다. 커피를 키우려면 15~20도 정도의 온도와 60~70%의 습도, 1,400~2,500mm의 강우량, 2,200~2,400시간 정도의 연간 일조량 등의 조건이 필요하다. 이 조건에 부합한 기후와 토양을 가진 나라는 주로 지구의 적도를 중심으로 북위 남위 25도에 걸쳐 있는데, 이 지역을 'coffee zone', 'coffee belt'라고 부른다. 그런데 최근 지구온난화의 영향으로 북위 27~28도까지 커피 재배지역이 확대되고 있다. 네팔도 북위

28도에 위치한 나라로 커피를 재배하고 있지 않은가. 이전에는 커피가 재배될 수 없는 곳이었는데 말이다.

그렇다면 지구온난화로 커피를 재배할 수 있는 땅이 이전보다 더 넓어지는 것은 아닐까 생각할 수 있지만, 기후변화로 이 커피벨트 지역의 온도가 점점 상승하는 것이 문제다. 결국 커피를 재배할 수 있는 조건을 갖춘 지역과 재배면적이 줄고 생산량은 낮아지며 생산된 커피의 맛도 점점 떨어질 수밖에 없다.

게다가 커피 병충해의 확산도 빨라진다. 온도가 높아지면서 이전에는 생존할 수 없었던 병균과 해충들이 더욱 활성화되기 때문이다. 예를 들어 '커피 녹병(Coffee Rust)'이 그렇다. 녹병균은 10도 이하에서는 살 수 없는데, 커피 벨트 지역의 기온이 10도를 넘는 날이 많아지면서 재배지역에 빠르게 퍼져 피해를 입히고 있다. 이 녹병으로 2013년 중남미 일대 커피 생산량이 2012년 대비 15% 감소하고 40여만 명이 일자리를 잃었다. 지금은 어디서나 쉽게 커피를 마실 수 있지만 언젠가는 이런 생활이 추억이 될지도 모른다. 아니, 그런 날이 오고 있다고 하는 게 더 맞을 것 같다.

그러면 커피가 멸종이 되어 가는 이 상황에 사람들은 그저 손을 놓고만 있을까? 커피산업 분야도 예외는 아니다. 르완다에서 커피 농부들을 위한 프로젝트를 진행할 때, 유럽과 미국 등 다양한 나라에서 파견된 사람들을 만났다. 그들도 르완다 현지에 NGO 혹은 커피회사 지부를 설립하여 활동했다. 그중에서 특히 기억에 남는 곳이 미국의 'Sustainable Harvest Coffee Importers'라는 꽤 규모 있는 커피회사였다. 여러 커피 생산지에 NGO를 직접 설립하거나 혹은 이미 생산지에서 활동하고 있는 NGO와 협업해서 커피 생산 및 농부지원 등의 프로젝트를 진행했으며, 그들이 지원한 커피 농부들에게서 직접 커피를 수입해 미국과 유럽 등에 거래하고 있었다. 물론 스타벅스나 네스프레소 등 규모가 큰 커피회사들도 이미 곳곳에서 다양한 커피산업과 관련된 프로젝트를 진행하고 있었지만 Sustainable Harvest가 르완다에서 진행하는 프로젝트는 '여성'에 집중되어 있어 매우 흥미로웠다. 처음에는 단순히 르완다니까, 제노사이드 때문에 남겨진 여성을 지원하는 정도로만 생각했다. 그런데 이 프로젝트를 들여다보면서 여성 농부에 대한 지원이 단순히 성평등 문제에 국한되지 않는다는 것을 알았다.

실제 여성 농부들이 전 세계 커피 농장의 20~30%를 직접 운영하고 있다. 커피 생산의 70%를 담당하는 곳도 있다. 그러나 여성 농부들은 남성들보다 토지, 자본, 정보 같은 중요한 활동이나 지원에서 훨씬 소외되어 있다. 대부분의 개발도상국 여성 농부들은 농장이나 밭 주인으로 법적으로 등기할 수도 없고 자신의 명의로 통장을 개설할 수도 없다. 재배를 위한 기술이나 교육 지원도 늘 여성이라는 이유로 소외되어 커피 생산에 많은 노동을 제공하면서도 중요한 역할을 하지 못하고 있다.

여성에 대한 지원뿐만 아니라 Sustainable harvest와 같은 회사들은 커피 생산지의 '청년'들도 지원하고 있다. 우리나라도 그렇지만 세계적으로 농업은 어느새 '어르신'들의 일이 된 지 오래다. 커피는 더하다. '노령화' 문제가 매우 심각하다. 커피 농부들이 대다수 가난하기 때문에 젊은 자녀들이 부모를 따라 커피 농부가 되는 것을 꺼린다. 농부들의 생각도 그렇다. 커피 농업이 힘들고 돈이 되지 않으니 자식들은 공부시키고 도시로 보내려 한다. 농부들이 늙어가고 커피 농업도 늙어간다.

생산하는 사람들이 늙어가는 커피에 미래가 있을까? 이에 커피 회사와 관련 NGO들이 커피 생산지의 청년들이 커피산업에 다양한 형태로 종사할 수 있도록 교육하고 지원하고 있다. 청년들이 부모 세대와 다른 방식을 개발하고 기획할 수 있도록 말이다. '미래의 커피'에 본격적으로 투자하는 것이다.

얼마 전 포털 게시판에서 재미있는 글이 눈에 들어왔다. 게시물에 댓글도 끊임없이 이어졌다.

'직장인한테 커피가 없다면 어떻게 될까. 우선 난 폭동 일으킬 듯.'

→ 댓글 1. 일단 난 성격 더러워짐.

→ 댓글 2. 난 하루 시작은 무조건 아아.

→ 댓글 3. 커피 없다면 핫식스만 대박 날 듯.

어느새 일상이 된 커피를 생각하면 커피 없는 미래를

떠올리는 것은 상상하는 것조차 즐겁지 않다. 커피를 좋아하는 사람은 물론, 커피를 재배하고 커피로 생계를 이어가는 이들에게는 더 끔찍한 상상일 것이다. 미래에는 더 맛있는 카페인 음료나 커피 맛을 내는 인공 음료가 그 역할을 대체할지도 모른다. 최근 한 지인과 실제로 이런 이야기를 나누었다. 이미 큰 글로벌 회사들은 커피 멸종에 대비해서 커피와 똑같은 맛을 내는 인공 음료를 개발하는 데 투자하고 있다고 말이다.

커피 멸종은 나와 무관하니 '누군가 알아서 하겠지'라고 생각하며 안심하면 되는 걸까. 커피를 정말 좋아하는 사람들은 그렇지 않을 것이라 생각한다. 커피산업과 농업의 지속가능성은 쉽지 않고, 언젠가 미래의 누군가가 커피 없이 혹은 커피 대신 다른 것으로 익숙한 삶을 살 수 있을지 모르지만 지금 나는 그렇지 못할 것 같다. 커피 한 잔으로 인생이 변하고, 희노애락을 경험하고, 많은 사람들을 만나왔다.

이미 커피의 지속가능성과 미래의 커피를 위한 다양한 일들은 시작되고 있다. 그리고 한 잔의 소비자인 우리가 할 수 있는 일도 가까이 있다. 환경을 생각하고, 생산자를 생각하고, 미래세대를 생각하는 활동에 무엇이든 함께 참여할 수 있으면 좋다. 우선 가깝게는 플라스틱 줄이기, 제로 플라스틱 캠페인에 참여하거나, 제로 웨이스트 라이프를 고민해 보는 것은 어떨까. 플로깅과 같은 건강도 챙기고 지구도 챙길 수 있는 취미활동도 좋다.

한때 일본제품 불매운동에 많은 이들이 참여했듯이 공급사슬에 있는 생산자, 노동자를 위협하는 브랜드를 구매하지 않는 저항도 해 볼 수 있다. 시작부터 거창할 필요도, 과할 필요도 없는 것들이다. 그리고 더 중요한 것은 내가 마시는 커피 한 잔을 소중하게 대할 수 있는 마음일 것이다. 그러면 한 잔을 선택할 때도, 커피 상품 하나를 선택할 때도 우리의 선택과 생각이 달라져서 다른 미래를 가져올 수 있을 테니까.

강릉에 가면

커피 골목이 있다

바다가 깊고 멋진 강릉에는 커피 골목이 있다. 2011년 즈음 커피를 만나러 처음 강릉에 갔다. 커피 축제가 열리고 강릉 커피박물관이 개관됐다는 소식을 들었기 때문이다. 그보다 몇 년 전 남양주에 '왈츠 앤 닥터만' 카페 겸 박물관을 방문해서 커피 관련 콘텐츠가 다양하게 전시된 것을 봤는데, 이번에 강릉에 또 커피 축제와 이벤트가 열린다니 궁금했다.

강릉에 도착하자마자 마침 오픈해서 유명해지기 시작한 강릉 커피박물관으로 직행했다. 당시 우리나라 최대의 커피박물관이자 최초로 상업용 커피를 생산하는 커피 농장을 직접 운영하고 있다고 했다. '한국에 커피 농장이 있다니 신기한걸! 우리나라에서 어떻게 커피를 키운다는 걸까.' 그때는 커피 회사에서 일하기 전이었고, 커피 농장은 이전에 베트남 커피 농장을 방문했던 것이 다였기에 몹시 궁금했다.

커피 박물관은 강릉 번화가가 아닌 구석지고 한적한 전원에 위치하고 있었는데, 주변에 계곡도 있고 나무도 아름다운 곳이었다. 매표소에서 입장권을 구매해서 박물관을 구경하고, 커피 로스팅 룸을 지나 커피 농장으로 들어갔다. 특히 기억에 남는 것은 농장 안쪽에 가장 키가 커 보이는 커피나무 한 그루가 마치 농장 주인공처럼 자리 잡고 있는 장면이었다. 설명해 주던 직원이 이야기했다.

"우리나라에서 처음 키우는 커피나무고 27년생으로 우리나라에서 가장 나이 많은 커피나무기도 해요. 저희가 지금 여기서 재배하면서 커피를 직접 가공하며 한국산 커피를 시도해 보고 있어요."

한국산 커피를 시도하는 첫 커피나무. 자세한 내막을 묻지는 못했지만 '한국산 커피'를 시도하는 이들의 일이 참 신기하고 대단해 보였다. '우리나라에서도 이렇게 커피에 열정을 가지고 남들이 하지 않는 일을 하는 사람들이 있구나' 하고 새롭게 느꼈던 순간이었다. 강릉 커피 박물관의 다양한 전시 관람을 마치고 강릉의 또 다른 커피 공장으로 유명했던 테라로사로 향했다.

테라로사 커피 공장도 입소문이 자자하던 강릉의 명소였다. 지금이야 테라로사는 큰 규모의 기업형 카페로 여기저기 큰 지점들이 있는 커피 회사지만, 당시만 해도 규모가 크지 않았고 강릉의 커피 공장도 아기자기한 인테리어가 매력적인 카페였다. 입간판부터 나무간판으로 세워놓은 테라로사 커피 공장은 입구 문과 내부의 테이블 및 여러 장식도 나무로 꾸며놓아 유럽의 오두막 같았다. 내부는 꽤 규모가 커서 좌석도 많았는데 사람이 북적북적했다.

야외 좌석으로 꾸며진 곳에 자리를 잡고 커피와 조각 케이크를 시켰다. 이때 처음 '크레이프 케이크'를 맛보고 완전 팬이 되었다. 내가 가장 좋아하던 에티오피아 예가체프를 음미하며 예가체프의 그 유명한 고구마 맛을 느껴보려 애를 썼던 것 같다. 지금은 그때의 빨간 벽돌 프로방스 시골집 같은 테라로사 카페에서 예가체프와 함께 먹었던 크레이프 케이크를 다시 맛볼 수 없게 되었지만, 이때 테라로사 커피 공장의 기억은 강릉을 새로운 커피의 도시로 기억하게 해 주었다. 강릉이 우리나라의 유명한 커피 도시가 되었다는 확실한 기억을 심은 채 나의 첫 강릉 여행은 마무리되었다.

몇 년 후 다시 강릉을 찾았다. 가벼운 국내 여행으로 이전에 가보지 못했던 강릉의 유명한 커피 집에 꼭 한 번 가보고 싶어 선택한 여행지였다. 이때는 커피 회사에서 일을 막 시작한 터라 커피에 대한 호기심이 더 컸다. 먼저 '보헤미안 박이추 커피 공장'을 찾았다. 강릉이 커피로 유명해지기 시작한 것은 박이추 선생이 강릉에 자리 잡기 시작했을 때부터란 말이 있다. 그 정도로 박이추 선생과 그의 보헤미안 카페는 커피로 강릉에서 유명한 분이었다. 내비게이션을 이용해 카페를 찾아왔는데 2층 가정집 같은 하얀 건물의 외관도 소박하고, 위치도 여기가 카페가 맞나 싶을 정도로 외진 곳에 있었다. 영업도 오후 5시까지라는 안내문에 처음에는 장사하는 카페가 맞나 싶었다.

카페에 들어서 자리를 잡고 메뉴를 살폈다. 파나마, 브룬디, 짐바브웨, 우간다⋯⋯ 정말 당시에 웬만한 카페에서는 보기 힘든 산지의 커피들이 있었다. 짐바브웨 같은 커피는 지금도 한국에서 쉽게 보기 힘든 커피다. 신기한 생산국의 커피 메뉴들을 살피다가 몇 번 들어본

적이 있는 인도 커피를 주문했다. 그러나 인도 커피만 해도 당시에는 보기 힘든 커피였는데, 네팔 때문에 관심이 생겼다. 커피 회사에서 네팔 커피에 집중하고 있을 때여서 네팔과 인접국인 인도의 커피가 한국에서 스페셜티 커피로 판매되는 것이 궁금해진 터였다.

그날 처음으로 인도 커피를 핸드드립으로 마셨다. 맛이 아주 독특했다. 일반적인 스페셜티 커피와도 다른 맛이었다. 뭐랄까, 약간 참기름 맛이 났던 것 같기도 하고…… 굉장히 독특한데 거슬리는 쓴맛이나 불쾌한 맛 없이 깔끔하게 떨어지는 맛이 흥미로웠다. 이 깔끔한 맛이 어쩌면 스페셜티 커피로 팔리는 비결일지 몰랐다. 그리고 생각해봤다. 만일 네팔 커피가 품질을 점점 더 개선하고 발전시킨다면 이 인도 커피와 같은 맛이 되지 않을까 하고. 인도는 네팔 사람들이 커피 기술을 배우러 가는 곳이기도 했다. 어쩌면 정말 가능할 수도 있겠다는 생각에 그 인도 커피를 유심히 마시며 그곳에 대한 기억을 담고 돌아왔다.

2021년 다시 한 번 강릉을 찾았다. 커피 축제 준비가 한창인 안목해변을 찾았다. 이전보다 훨씬 더 카페가 많았고 사람도 차도 즐비했다. 이번에는 강릉 커피 골목의 터줏대감 같은 산토리니 커피를 찾았다. 안목해변가에 위치한 산토리니 커피는 그야말로 랜드마크였다. 건물도 하얀색에 파란색 포인트로 그리스 산토리니를 벤치마킹한 인테리어가 누가 봐도 눈에 띄는 그런 카페였다. 이미 오래전에 유명해진 산토리니는 블루리본 서베이(우리나라 레스토랑 가이드북)에 9년 연속 선정된 곳이기도 하다.

카페로 들어가 핸드드립 커피를 주문했다. 이번에는 파나마 게이샤 커피였다. 이제는 커피 회사에서 일하며 다양한 커피를 마셔본 지도 꽤 되어서 익숙한 커피의 맛이 상상이 되기도 했다. 역시나 파나마 게이샤는 상상한 대로 맛있었다. 그리고 산토리니에서 눈에 띄었던 것은 강릉 특산품이 되어버린 커피콩 빵과 다양한 디저트였다. 커피 축제로 유명해진 강릉을 뜨문뜨문 방문하면서 변해가는 것을 보는 것도 재미있었다.

이제 강릉은 한국 커피의 축제의 장소가 되었다. 오

래전 강릉에서 시작된 한국산 커피 재배는 경기도나 전라남도 등 다른 지방으로도 전파되었다. 커피축제도 월드바리스타 챔피언을 배출한 부산에서도 시도되고 있다. 점점 커피 축제와 콘텐츠가 많아지고 또 다양해지고 있다. 아메리카노, 카페라떼, 카페모카 같은 메뉴만 커피 같았고 스타벅스만 카페 같던 시절도 있었는데, 지역의 명소가 되어 축제로 거듭나고 다양한 산지 커피들을 맛볼 수 있게 되다니, 우리나라 커피 산업도 정말 좋아졌다.

앞으로 또 새로운 지역에서 구석구석 유명한 커피 골목과 카페들이 생겨날 테고, 더 좋은 콘텐츠와 즐길거리가 우리를 반겨주겠지. 그래도 아주 가끔 강릉의 커피 명소들을 계속 찾으며 그 커피를 즐기고 싶다. 다양한 커피의 문화가 많아지면 좋겠고, 고전과 같은 곳들도 계속 지속되길 바라는 것이 과한 욕심이 아니었으면 좋겠다.

인공지능으로 만든 커피

얼마 전에 바리스타 로봇이 등장해 화제가 되었다. 2년 전 즈음 어느 카페에서 자동커피머신에서 커피를 추출하고 음료를 제조해서 서빙까지 해주는 로봇을 선보였다. 작년에는 자동머신이 아닌 반자동 에스프레소 머신에서 에스프레소 커피를 추출하고 카페라떼를 제조해서 제공해서 더 화제를 모았다. 올해는 이미 몇 군데 카페에서 상용화된 바리스타 로봇이 등장했고, 핸드드립 커피를 제조하는 로봇까지 개발되어 사용하는 카페도 생겨났다.

바야흐로 자동화의 시대에 카페도 자유롭지 못한 시대가 왔다. 이전에는 서비스 로봇이 주문을 받거나 결제를 처리하는 키오스크 정도에 머물렀나면 이제는 제조 영역에도 사용되기 시작했다는 이야기다. 이러다 정말 쉐프 로봇이 나와 음식을 요리하는 시대도 곧 올 것 같다.

바리스타 로봇의 등장이 사람들을 긴장시킨다. 카페 바리스타 아르바이트 자리도 하늘의 별 따기가 되는 것은 아닐지. 로봇이 점점 발달해서 저렴해지고 기술이 좋아진다면 사람의 영역은 없어질 것 같은 불안감이 생긴다. 이미 키오스크가 등장하면서 사람들의 일자리를 침범하고 있다고 생각하는데, 바리스타 자리마저 로봇에게 내어 주어야 한다면 우리는 무슨 일을 하고 살아야 할까, 하는 불안이다.

하지만 조금 다르게 생각할 수도 있다. 음료의 품질면에서 본다면 로봇이 더 정확한 레시피와 변수가 적은 능력으로 정확한 퀄리티의 음료를 제조할 수 있다. 게다가 어차피 기계를 작동하고 관리해야 하는 것은 또 사람의 일이다. 내가 마시는 음료를 제조하던 사람이 로봇을 관리하는 사람으로 대체되는 것일지도 모른다. 막연한 두려움이라면 예측하지 못하는 것에 대한 불안감일 수도 있다는 뜻이다.

'카페'라는 영역 혹은 '커피'라는 음료 산업에 첨단 기술이 침투(?)하는 것처럼 보이는 것은 단지 바리스타 로봇 때문만은 아니다. 요즘 한창 화두인 인공지능(Artificial Intelligence)을 커피에 적용하는 사람들도 생겨났다. 우선 커피의 중요한 원료인 생두를 분석하고 생두가 가진 커피 맛의 요소를 데이터화 시켜 로스팅 단계에서 인공지능을 적용할 수 있도록 연구하는 사람들도 있다. 벤처로 창업한 커피 인공지능 회사와 만나 여러 번 이야기할 기회가 있었는데, 신비한 이야기였다. 미국이나 다른 곳에서 이미 이런 작업을 하고 있는 회사들도 있다고 한다. 내가 느끼는 맛을 데이터화하고 손님이 원하는 맛을 매칭해서 그에 맞는 커피를 만들 수 있다면 그야말로 기술의 혁명이나 다름없을 것 같다.

뿐만 아니라 커피를 더 완벽하게 만드는 데 기여할지도 모른다. 커피에서 나쁜 맛을 내는 결점두들을 빅데이터화 해서 사전에 인식하고 제거할 수 있도록 개발하고 있다는 소식도 들려왔다. 이 내용을 그 벤처회사와 르완다 커피에 적용해서 한참 같이 이야기한 적이 있었다.

르완다에는 서쪽에 있는 '키부(Kivu)' 호수 주변에서 특히 맛있는 커피가 많이 자라는데 호수 주변에 커피를 좋아하는 특정 벌레가 퍼져 있어서 문제가 되고 있었다. 이 벌레가 커피 열매를 공격해서 특유의 맛이 나도록 변질시키는데 그 맛이 약간 생감자나 홍삼처럼 느껴진다. 문제는 원두로 로스팅해도 그 맛이 없어지지 않아서 사람들에게 큰 결점두로 구분된다는 것이다. 더 심각한 문제는 이 벌레를 예방하거나 벌레의 공격을 막을 방법이 없고, 로스팅을 하기 전에는 콩의 문제를 쉽게 찾을 수 없다는 것이다.

이 결점두 때문에 가격이 낮게 책정되기도 하고 바이어들이 구매를 기피해서 농부들에게는 큰 문제가 되고 있었다. 그런 벌레가 공격한 콩을 선별하는 지표만 만들 수 있다면, 그리고 이를 빅데이터화해서 사전에 선별할 수 있다면 르완다 커피의 가치는 훨씬 올라갈 수 있다는 이야기였다. 또 그렇게만 된다면 커피 농부들의 수고와 비용은 훨씬 절감될 수 있을지도 모른다. 기술이 커피에 적용된다면 좋은 방향으로 사용될 수 있겠다는, 또 다른 가능성을 생각해 본 순간이었다.

인공지능 로봇이 서비스를 책임지는 TV 광고가 익숙한 시대다. 얼마 전 KT가 아카데미 수상으로 유명해진 윤여정 배우를 인공지능 AI 광고에 섭외해서 기술이 사람들에게 더 쉽고 익숙하게 느껴지도록 시도했다. 한때 맥도날드 키오스크가 어르신들이 사용하기에 너무 어려워 문제가 되었던 것을 생각하면, 연령대가 있는 배우가 AI 로봇에 익숙해지는 광고는 분명 더 쉽고 더 나은 기술의 미래를 보여주려는 시도임에 틀림없다.

그 인공지능 로봇이 내가 자주 방문하는 카페에서 내가 좋아하는 커피를 내리는 시대가 곧 올 것 같기도 하다. 로봇이 내 입맛까지 파악하여 내가 좋아하는 맛의 커피를 골라서 내려 주는 시대 말이다. 그런 시대가 온다면 인간의 삶은 더 풍요로워질까, 아니면 기계가 인간을 대체한 삭막한 삶이 될까. 사실 예견해보기는 어렵다. 그래도 막연히 인간이 스스로의 존엄성을 위해 더 많은 것을 만들어 낼 수 있으리라 기대해 본다. 커피와 같은 다양한 문화를 만들고 오랫동안 향유해온 사람들이니 말이다. 어떤 면에서는 인간이 로봇보다 뛰어나지 못하지만 기술도 만든 인간이 또 다른 많은 것들을 또 만들어낼 수 있지 않을까. 막연하지만 스스로에게

긍정적인 기대를 걸어본다.

그런 시대가 곧 닥쳐온다면, 내가 직접 그런 미래를 겪는다면 나는 그때에도 내가 좋아하는 한 잔의 커피를 즐기기 위해, 그리고 그 커피를 만드는 커피 농부들의 삶을 더 지속가능하도록 지키기 위해 애쓸 것이라고 생각한다. 어디 '나'라는 사람만 그럴까. 커피 분야든, 요리든, 문화든, 기술이든 나처럼 하고 싶고 지키고 싶은 것을 위해 애쓰는 사람들은 기술이 발달해도, 로봇이 인간을 넘을 정도로 뛰어나도 분명히 존재할 것이다.

기술의 힘보다 더 가치 있고 대체불가능한 일을 위해 고민하고 있을지도 모른다. 그 뛰어난 인공지능 로봇 바리스타가 내 입맛에 딱 맞게 만들어 준 커피 한잔을 마시면서 그 고민을 할 수 있다면 그게 바로 인간이 이기는 미래가 아닐까. 오늘도 나는 에어컨 아래에서 따뜻한 커피 한 잔에 수많은 상상을 담아보며 존재하고 있으니 말이다.

내 인생 구석구석을 함께한 커피

글을 쓰는 기간은 나를 사랑하는 시간이기도 했다. 책을 쓰면 좋겠다는 생각, 책을 써 보라는 이야기는 숙제 같았다. 《내가 좋아하는 것들, 커피》 원고 청탁을 받았을 때 당연히 쓰고 싶었지만 전혀 써 본 적이 없는 에세이를 내가 쓸 수 있을까 많이 고민했다. 늘 정보 전달 글이나 비평을 써왔던 터라 일기 같은 글들을 내놓고 스스로도 소화할 수 있을까 자신이 없었다.

또한 업으로 삼고 있는 '커피'에 대해 쓰려니 마음도 무거웠다. 커피 산지를 여행하고 산업을 보면서 크고 무거운 고민이 늘 머리에 꽉 차 있는데 어떻게 가벼운 글로 '커피'에 대한 내 생각을 정리할 수 있을까. 오히려 커피 농부들의 어려운 현실이나 커피가 가진 이면의 모습을 더 적나라하게 써야 하지 않을까 하는 갈등도 있었다.

하지만 원고를 쓰면서 어느새 '커피'를 새롭게 보고 있다는 걸 알았다. 집중해서 고민하지 않아도 미처 인지하지 못했던 다양한 이야기들이 생각나는 것이 신기했다. 커피와 나의 이야기를 정리한 느낌이다. 너무 많은 장면과 현실을 직접 보면서 꽉꽉 채워져 왔던 머릿속 책장을 정리한 기분 말이다. 처음으로 돌아가 어떻게 커피를 좋아하게 되었는지, 그 시절 커피에 대해 무슨 생각을 했는지 나를 되돌아보는 작업이었다. 엄마집에 돌아가서 어린 시절 앨범을 다시 볼 때 드는 느낌처럼 새로웠다. '참 커피가 좋아서 내가 이렇게까지 했구나.'

책 쓰기를 제안받기 직전에 커피 회사를 그만두었다. 쉼이 필요했다. 10여 년간 쉼 없이 달려왔던 일과 직장을 그만두는 결정이었기에 쉽지 않았다. 한국 사회에서 마흔 살 여성이 직장을 그만두는 일이었다. 커피 산지를 다니며 커피 농부를 돕는 독특한 일을 해 왔던 나를 같은 일로 다시 받아줄 곳이 없을지도 모른다는 생각에 두려웠다. 그러나 지금 나의 마음과 건강을 돌보지 않으면 정말 폭발할 것 같았다.

퇴사를 결정할 때도 일이 많았다. 코로나 상황 때문이기도 했지만 내가 아낌없이 정성을 쏟았던 커피회사 해외 사무소들이 공교롭게도 나의 퇴사와 함께 문을 닫

게 되었다. 내가 어찌 할 수 없는 상황임에도 무거운 책임을 느꼈다. 내가 끝까지 자리를 지키고 버텼다면 그 사무소와 사업은 계속되었을까 하는 질문을 떨쳐버리기 어려웠다.

그런 갈등과 고민 속에 결정한 퇴사라 쉬면서도 몸과 마음이 빠르게 회복되지 않았다. 운동을 해도 잠시뿐이고 오랫동안 힘들었던 허리 통증도 나을 기미가 보이지 않고, 그러니 스스로를 돌보는 일에 점점 인내심이 떨어졌다. 코로나 상황은 나아지지 않고 내가 할 수 있는 일은 더 없어 보였다. 그런 부정적이고 우울한 가운데서도 매일 그날 쓸 글을 떠올리며 나와 커피의 인연을 이야기로 꿰어갔다.

짧은 기간이었지만 그 시간이 정말 나를 지키는 시간이었다. 시간이 지나면서 또 글을 쓰면서 책임감과 미안함도 많이 옅어졌다. 나 스스로 생각을 정리할 수 있던 시간이 사실은 나의 마음을 지키고 있었던 것이다. 여전히 앞으로 무엇을 해야 할지, 또 커피를 업으로 삼을 수 있을지 아니면 다른 인생을 살게 될지 잘 모르겠지만 그래도 이 책이 마무리된다면 좀 더 자신감을 가지고 내일의 인생을 그려볼 수 있지 않을까?

나는 커피를 참 좋아한다. 우리 인생처럼 씁쓸한 커피 맛도 좋고 커피가 가진 다양함과 인연도 참 좋다. 커피 산지를 여행하며 커피 농부들을 만났던 인연은 내게 너무 소중한 기억이고, 커피를 배우며 만났던 같은 업계 동료들은 지금도 내가 종종 찾는 소중한 사람이다. 내게 커피를 가르쳐 주신 분들은 여전히 나의 스승이고, 함께 커피에 취미를 붙였던 사람들은 친구이고 가족이다. 앞으로도 커피가 가져다준 선물 같은 인연들과 함께하고 싶다. 나는 커피가 좋다. 한편으로는 소중한 것들을 일깨워 주어서 고맙기도 하다. 내 인생 많은 구석구석을 함께하고 있으니까.

마지막으로 한 권의 책을 쓸 수 있도록 믿고 기다려 준 남편, 부모님과 동료 그리고 친구들에게 고마움을 전한다. 글을 쓰는 동안 꾸벅꾸벅 졸리면서도 늘 나와 함께했던 고양이 듀이와 따비에게도 고마움을 전한다. 더불어 이제 멀리 떨어져 있지만 늘 내 마음속 진짜 영웅들인 르완다와 네팔 농부들에게 이 책의 공을 돌리고 싶다.

내가 좋아하는 것들, 커피

초판 1쇄 발행 | 2021년 10월 15일

글 김다영
펴낸이 이정하
교정교열 정인숙
디자인 안박스튜디오
표지일러스트 조한샘

펴낸곳 스토리닷
주소 서울시 서초구 방배동 934-3 203호
전화 010-8936-6618
팩스 0505-116-6618
ISBN 979-11-88613-22-9 (03810)

홈페이지 blog.naver.com/storydot
SNS www.facebook.com/storydot12
전자우편 storydot@naver.com
출판등록 2013. 09. 12 제2013-000162

스토리닷은 독자 여러분과 함께합니다.
책에 대한 의견이나 출간에 관심 있으신 분은 언제라도 연락주세요.
반갑게 맞이하겠습니다.